LES RÉMINISCENCES

DE

PHILON LE JUIF

CHEZ PLOTIN

DU MÊME AUTEUR

La Monadologie de Leibniz. Édition classique publiée d'après le texte de Gerhardt, avec introduction, sommaire et notes. — 1 vol. in-16 (CH. POUSSIELGUE, Paris, 1904). . . . . 0 fr. 70

L'Infinité divine depuis Philon le Juif jusqu'à Plotin, avec une introduction sur le même sujet dans la philosophie grecque avant Philon le Juif. — 1 vol. in-8° (F. ALCAN, Paris, 1906). . . . . 5 fr.

LES

RÉMINISCENCES

DE

PHILON LE JUIF

CHEZ PLOTIN

ÉTUDE CRITIQUE

PAR

HENRI GUYOT

Docteur ès lettres.

PARIS

FÉLIX ALCAN, ÉDITEUR

LIBRAIRIES FÉLIX ALCAN ET GUILLAUMIN RÉUNIES

108, BOULEVARD SAINT-GERMAIN, 108

1906

A MONSIEUR E. BOUTROUX

MEMBRE DE L'INSTITUT

HOMMAGE

DE RESPECTUEUSE ADMIRATION

TABLE ALPHABÉTIQUE

DES

OUVRAGES CITÉS

Aristotelis *opera*. Édid. Academia regia borusica, Berlin, 1831-70. — Aristotelem (Commentaria in... graeca). Berlin, 1882 et seqq.

Bible polyglotte, par F. Vigouroux, Paris, 1903. — *La Sainte Bible*, trad. par L. Segond. Paris, 1901 (citée pour l'A. T. tout entier, sauf pour l'*Ecclésiastique* et la *Sagesse*).

Bouillet M. N. *Les Ennéades de Plotin*. Paris, 1857-1861.

Cicéron (M. T.). Œuvres. Édit. D. F. W. Müller. Leipzig, 1878.

Croiset A. et M. *Histoire de la littérature grecque*. Paris.

Diels H. *Die Fragmente der Vorsokratiken*. Berlin, 1903.

Diogenis Laertii *de vitis philosophorum*, libri X. Lipsiae, 1833 [S].

Epicurea, édit. H. Usener. Leipzig, 1887.

Eusebii Caesariensis *opera* recogn. G. Dindorf. Lipsiae, 1867.

Guyot H. *Ammonius Saccas*. Rev. de l'Inst. catholique. 1904, n° 5.

Herriot Éd. *Philon le Juif*. Paris, 1898.

Huit Ch. *Les notions d'infini et de parfait*. Rev. de philosophie, 1er Décembre 1904.

Karppe S. *Étude sur les origines et la nature du Zohar*. Paris, 1901. — *Essais de critique et d'histoire de philosophie*. Paris, 1902.

Loisy A. *Études bibliques*. Paris, 1903.

Nemesius. *De natura hominis* Édit. Matthaei. Halle. Magdebourg, 1802.

Philon le Juif. Opera. Édit. Cohn et Wendland. Berlin, 1896 et seqq. (en cours de publication) [C]. — Opera. Editio stereotypa. Lipsiae, 1888 [S].

Photius. *Bibliothèque*. Édit. Bekker, 1824.

Piat Cl. *Socrate*. Paris, 1900. — *Aristote*. Paris, 1903.

Plotin. *Ennéades*. Édit. Volkmann. Lipsiae, 1883.

Plutarque. *Moralia*. Édit. Bernadakis. Lipsiae, 1888.

Ritter-Preller-Wellmann. *Historia philosophiae graecae*. Gothae, 1898.

Stobaei *eclogarum... libri duo*. Édit. Meineke. Lipsiae, 1860.

Zeller Ed. *Die philosophie der Griechen*. Berlin. 1903. — *Ammonius Sakkas und Plotin*. Archiv. für gesch. d. Philos. VII. 295-313.

AVANT-PROPOS

Les historiens du Néoplatonisme ont généralement reconnu l'influence de Philon le Juif sur Plotin. Non seulement, en effet, les doctrines des deux philosophes offrent entre elles une ressemblance frappante pour le ton, l'allure et même le fond des choses ; mais Plotin connaissait aussi Philon par Numénius le Néopythagoricien. Ce dernier avait lu le Juif alexandrin, dont il disait : « Ou Philon platonise ou Platon philonise »[1]. Plotin, de son côté, avait lu Numénius, puisque ses ennemis l'accusaient de plagiat à ce propos[2]. Cependant l'influence que Philon aurait ainsi exercée sur Plotin demeurait quelque chose de général. Ne pouvait-on affermir l'existence et préciser la nature de cette influence en rapprochant et en commentant les textes ? Plotin, dès lors, aurait lu Philon, non seulement chez Numénius, mais chez Philon même, et s'il ne le cite pas expressément, certains passages de l'un seraient du moins des *réminiscences* de l'autre. Peut-être aussi

1. Suidas, dans Ritt. — Prell. — Vellm. 596 *c*.
2. Porphyre. *Vita Plot.*, 17 (Volkmann, I, 21^{12}).

ces réminiscences ne se seraient-elles pas produites au hasard, mais se rattacheraient à quelque doctrine importante, celle de l'Infinité Divine par exemple, ou celles des Puissances Intermédiaires et de l'Extase, liées à la première. Voilà en tous cas ce que nous avons essayé de montrer.

Les textes réunis dans ce dessein sont peu nombreux. Certes les ressemblances abondent entre Philon et Plotin. Mais il faut se limiter sévèrement. — D'abord Philon et Plotin mettent également à contribution les philosophes grecs qui les ont précédés. Leur choix, en outre, est réglé par une idée commune, celle de la Perfection et de l'Infinité Divine. Dès lors beaucoup de passages, qui se ressemblent chez l'un et chez l'autre, ne prouvent pas l'imitation de l'un par l'autre. Ainsi M.-N. Bouillet. *Les Ennéades de Plotin*, trad. franç., t. II, p. 21, note 4, rapproche *De mundi opificio*. 6 (Cohn et W. I. 8^{4}) : « Αὐτὸς (sc., ὁ νοητὸς κόσμος) ἂν εἴη [τὸ παράδειγμα, ἀρχέτυπος, ἰδέα τῶν ἰδεῶν], ὁ θεοῦ λόγος » et *Enn.*, III, 2, 1 (Volkmann, I, 226^{26}) : « καὶ αἴτιος (sc., ὁ νοῦς) τούτου (sc., τοῦ κόσμου) ἀρχέτυπον καὶ παράδειγμα. » Mais d'abord la leçon de *De mundi opificio* « τὸ παράδειγμα, κ. τ. λ. » est douteuse. Il est évident, en outre, que Philon et Plotin ont pu chacun de leur côté trouver chez Platon cette idée et ces expressions. Or pareille élimination devait ne nous laisser finalement sous la main que les idées et les textes introduits pour la première fois par Philon dans la philosophie grecque. Les unes et les autres ont précisément trait, comme nous l'indiquions tout à l'heure, à l'Infinité Divine et à des doctrines connexes. — Ce n'est pas tout. Philon vit entre 30 avant J.-C. et 40 après J.-C. ; Plotin est du IIIe siècle après J.-C. Deux cents ans séparent les deux philosophes. Or, durant ce temps, Plutarque, Numénius, Ammonius Saccas, ou lisent Philon, ainsi que nous le savons avec certitude touchant Numénius (Cf. *suprà*), ou spéculent pour leur propre compte et dans le sens de l'Infinité Divine. On pourra donc rencontrer encore chez Plotin des textes relatifs à l'Infinité, que Plotin aura empruntés, non à Philon, mais à l'un ou l'autre des philosophes venus après Philon. Nous rapprochons ainsi Philon, *Quis rerum divinarum heres*, 14 (Cohn et W. III, 16[15]) et *Ennéades*, VI, 7, 34 (Volkm., II, 467[5]) : « οὔτε σώματος ἔτι αἰσθάνεται ὅτι ἐστὶν ἐν αὐτῷ,... οὐκ ἄνθρωπον, οὐ ζῷον, οὐκ ὄν, οὐδὲ πᾶν. » Or ce dernier passage rappelle bien plutôt encore Numénius chez Eusèbe, *Prep. ev.* XI, 22, 1. : « ἔνθα μήτε τις ἄνθρωπος μήτε τι ζῷον, ἕτερον μηδὲ σῶμα μέγα μηδὲ σμικρόν. » — Enfin les travaux d'un Numénius ou d'un Plutarque nous imposaient un troisième ordre de considérations. Plotin se souvenait de Philon ici ou là. Soit. Mais Plotin ne modifiait-il pas Philon dans un sens ou dans l'autre. La chose se produisit en effet, et elle est parfois d'importance. Le Dieu de Philon, par exemple, est personnel en même temps qu'infini : celui de Plotin n'est rien qu'infini. L'un est tout-puissant, mais il aime et veut : l'autre est tout-puissant aussi, mais son action est purement naturelle. Les mêmes changements se retrouvent dans la doctrine des Puissances intermédiaires et dans celle de l'Extase. Nous devions les signaler en temps et lieu.

En résumé, une étude sur *Les Réminiscences de Philon le Juif chez Plotin* comportait : 1° trois chapitres, *L'Infinité Divine*, *L'Expansion de l'Infini*, *L'Extase* ; 2° le groupement sous chacun de ces titres des *textes* s'y rapportant et présentant entre eux une ressemblance suffisante de fond ou de forme ; 3° un *commentaire* établissant cette ressemblance et les *trois* points suivants : *a*) les idées et les textes rapprochés ont-ils été introduits dans la spéculation grecque, non par les anciens philosophes, mais par Philon ? *b*) Plotin les a-t-il repris à Philon, et non à Plutarque ou à Numénius ? *c*) Plotin les a-t-il modifiés en les reprenant, et comment[1] ?

CHAPITRE PREMIER

L'INFINITÉ DIVINE

Dieu est inconnaissable, ineffable, infini.

A. *Dieu est inconnaissable.*

a) *De opif. mundi*, 2 (C., I, 2^{19}) : ὁ τῶν ὅλων νοῦς ἐστιν εἰλικρινέστατος καὶ ἀκραιφνέστατος, κρείττων τε ἢ ἀρετὴ καὶ κρείττων ἢ ἐπιστήμη καὶ κρείττων ἢ αὐτὸ τὸ ἀγαθὸν καὶ αὐτὸ τὸ καλόν. — L'intelligence universelle est très pure et sans souillure, meilleure que la vertu, que la science et même que le bien et le beau.

b) *Leg. ad Caïum*, 1 (S., VI, p. 87) : τὸ ἀγένητον καὶ θεῖον ὁρᾶν πεπαίδευνται (αἱ ψυχαὶ ἀρετῇ), τὸ πρῶτον ἀγαθὸν καὶ καλὸν καὶ εὔδαιμον, καὶ μακάριον, εἰ δεῖ τὸ ἀληθὲς εἰπεῖν, τὸ κρεῖττον μὲν ἀγαθοῦ, κάλλιον δὲ καλοῦ, καὶ μακαρίου μὲν μακαριώτερον, εὐδαιμονίας δὲ αὐτῆς εὐδαιμονέστερον, καὶ εἰ δή τι τῶν εἰρημένων τελειότερον ! — Par la vertu, les âmes apprennent à connaître ce qui est éternel et divin, le Bien premier, beau, heureux, plein de

a'). *Enn.*, V, 3, 14 (II, 197^{27}) : Οὕτω καὶ ἡμεῖς κινδυνεύομεν ἔχειν πρὸς ἐκεῖνο, ὅταν νοῦν καθαρὸν ἔχωμεν, χρώμενοι, ὡς οὗτός ἐστιν ὁ ἔνδον νοῦς, ὁ δοὺς οὐσίαν καὶ τἆλλα, ὅσα τούτου τοῦ στοίχου, αὐτὸς δὲ οἷος ἄρα, ὡς οὐ ταῦτα, ἀλλά τι κρεῖττον τούτου, ὃ λέγομεν ὄν, ἀλλὰ καὶ πλέον καὶ μεῖζον ἢ λέγομεν ὄν, ὅτι καὶ αὐτὸς κρείττων λόγου καὶ νοῦ καὶ αἰσθήσεως, παρασχὼν ταῦτα, οὐκ αὐτὸς ὢν ταῦτα. — C'est ainsi que nous sommes à peu près vis-à-vis de Lui (le Principe premier). Quand nous le saisissons, en faisant usage de la pure intelligence, (nous affirmons) qu'il est au fond de l'esprit et qu'il donne l'essence et toutes les choses analogues. Pour Lui, sa nature est telle qu'il n'est rien de cela. Il est meilleur, plus grand et plus relevé que ce que nous appelons l'être ; il est même supérieur à la raison, à félicité, et, s'il faut dire la vérité, meilleur que le bien, plus beau que le beau, dont la félicité et le bonheur surpassent toute félicité et tout bonheur, plus parfait, en un mot, que ce qui vient d'être dit.

l'esprit et aux sens, qu'il a produits, sans être lui-même rien de cela.

B. *Dieu est ineffable.*

a) *De somn.*, I, 39 (C., III, 254[6]) : σκεψάμενος, εἰ ἔστι τι τοῦ ὄντος ὄνομα, σαφῶς ἔγνω, ὅτι κύριον μὲν οὐδέν, ὃ δ' ἂν εἴπῃ τις, καταχρώμενος ἐρεῖ· λέγεσθαι γὰρ οὐ πέφυκεν, ἀλλὰ μόνον εἶναι τὸ ὄν. — Ayant examiné si l'Être pouvait être nommé, j'ai reconnu clairement que rien ne lui convenait. Que si quelqu'un le nomme, ce sera d'un nom emprunté. On ne peut rien dire, en effet, de lui, si ce n'est qu'il est ce qui est.

b) *Legat. ad Caïum*, 1 (S., VI, 87) : Οὐ γὰρ φθάνει πρὸς ἀναβαίνειν ὁ λόγος ἐπὶ τὸν ἄψαυστον καὶ ἀναφῆ πάντῃ θεόν, ἀλλ' ὑπονοστεῖ καὶ ὑπορρεῖ, κυρίοις ὀνόμασιν ἀδυνατῶν ἐπιβάθρᾳ χρῆσθαι πρὸς δήλωσιν, οὐ λέγω τοῦ Ὄντος — οὐδὲ γὰρ ὁ σύμπας οὐρανὸς ἔναρθρος φωνὴ γενόμενος εὐθυβόλων καὶ εὐσκόπων εἰς τοῦτο ἂν εὐποροίη ῥημάτων — ἀλλὰ τῶν δορυφόρων αὐτοῦ δυνάμεων, κ. τ. λ. — La parole, en effet, ne peut atteindre jusqu'à Dieu. Celui-ci ne se laisse ni toucher ni manier. Il recule ; il s'échappe. Aucun nom ne peut, telle serait une échelle, montrer, je ne dis point l'Être — le ciel entier parlât-il le langage le mieux organisé, le plus exact et

a') *Enn.*, V, 3, 14 (II, 197[19]) : Καὶ γὰρ λέγομεν ὃ μή ἐστιν· ὃ δέ ἐστιν, οὐ λέγομεν. — Nous disons, en effet, ce qu'il (le principe premier) n'est pas : mais ce qu'il est, nous ne le disons pas.

b') *Enn.*, VI, 8, 13 (II, 496[22]) : Δεῖ δὲ συγχωρεῖν τοῖς ὀνόμασιν, εἴ τις περὶ ἐκείνου λέγων ἐξ ἀνάγκης ἐνδείξεως ἕνεκα αὐτοῖς χρῆται, ἃ ἀκριβείᾳ οὐκ ἐῶμεν λέγεσθαι· λαμβανέτω δὲ καὶ τὸ οἷον ἐφ' ἑκάστου. — Il faut être indulgent pour notre langage, quand nous parlons de lui (le Principe premier). Nous devons, en effet, *à cause de* la démonstration, employer des mots qu'une exactitude rigoureuse ne nous permettrait pas d'employer. Il faut sous-entendre *en quelque sorte* avec chacun d'eux.

c') *Enn.*, VI, 8, 11 (II, 493[8]) : Ἢ σιωπήσαντας δεῖ ἀπελθεῖν, καὶ ἐν ἀπόρῳ τῇ γνώμῃ θεμένους μηδὲν ἔτι ζητεῖν. — Il faut se taire (sur la nature du Principe premier) et s'en aller. C'est une recherche impossible, il faut la quitter et ne plus chercher.

d') *Enn.*, V, 3, 14 (II, 197[15]) : οὐ μὴν αὐτὸ λέγομεν, οὐδὲ γνῶσιν

le plus pénétrant n'y suffirait pas — mais seulement les puissances, qui montent la garde autour de l'Être, etc.

οὐδὲ νόησιν ἔχομεν αὐτοῦ. — Nous ne pouvons ni en parler, ni le connaître, ni le penser (le Principe premier).

e') *Enn.*, V, 3, 13 (II, 196[3]) : Διὸ καὶ ἄρρητον τῇ ἀληθείᾳ. — C'est pourquoi (le Principe premier) est vraiment ineffable.

C. *Dieu est infini.*

a) *Leg. alleg.*, I, 13 (C., I, 70[10]) : ἄποιος γὰρ ὁ θεός. — Dieu est, en effet, sans qualités.

b) *Ibid.*, I, 51 (C., I, 73[25]) : δεῖ γὰρ ἡγεῖσθαι καὶ ἄποιον αὐτόν. — Il faut, en effet, penser que (Dieu) est sans qualités.

a') *Enn.*, VI, 9, 6 (II, 515[31]) : Ληπτέον δὲ καὶ ἄπειρον αὐτὸ οὐ τῷ ἀδιεξιτήτῳ ἢ τοῦ μεγέθους ἢ τοῦ ἀριθμοῦ, ἀλλὰ τῷ ἀπεριλήπτῳ τῆς δυνάμεως. Ὅταν γὰρ αὐτὸ νοήσῃς οἷον νοῦν ἢ θεόν, πλέον ἐστὶ καὶ αὖ ὅταν αὐτὸ ἑνίσῃς τῇ διανοίᾳ, καὶ ἐνταῦθα πλέον ἐστὶν ἢ θεός, ἂν αὐτὸν φαντασθῇς ἑνικώτερον τῆς σῆς νοήσεως εἶναι. — Il faut admettre qu'il (le Principe premier) est infini, non comme l'incommensurabilité d'une grandeur ou d'un nombre, mais par l'incompréhensibilité de la puissance. Le conçoit-on comme Intelligence ou comme Dieu, il est plus encore. Le pense-t-on comme un, il est encore au-dessus. De même, si nous nous le représentons comme plus un que notre propre pensée.

Ces textes traitent tous de l'*Infinité Divine*. Nous devons donc établir trois choses : 1° Philon est-il le premier philosophe qui ait introduit dans la spéculation grecque l'idée de l'Infinité Divine ? 2° Plotin lui reprend-il cette idée ? 3° Plotin la modifie-t-il d'une ou d'autre façon ?

1° Les philosophes grecs antérieurs à Philon n'ont

pas connu la notion de l'Infinité Divine. — ANAXIMANDRE, il est vrai, et son disciple ANAXIMÈNE déclarent, l'un que l'élément premier des choses est « l'indéterminé »[1], l'autre, que cet élément est « l'air *infini* »[2]. MÉLISSOS écrit : « L'être est éternel. Il est, il était, il sera toujours. Il n'a ni commencement, ni fin, mais il est *infini*[3] ». La Masse primitive, suivant ANAXAGORE, est *infinie* en quantité ; les Germes sont *infiniment* nombreux et petits ; l'Intelligence, qui a mis la Masse en branle, est elle-même *infinie*[4]. ARCHELAOS, enfin, et DIOGÈNE D'APOLLONIE conciliant Anaximène et Anaxagore, écrivent que le principe premier est « l'air *infini* et intelligent[5]. » Mais les principes dont il est question sont purement *physiques* : ils n'ont rien du *Dieu* que Philon regarde comme infini. A la même époque d'ailleurs le principe ou les principes premiers passaient aux yeux d'autres philosophes pour d'autant plus parfaits qu'ils étaient plus déterminés. Par contre, l'infinité devenait le symbole même de l'imperfection. Suivant les premiers PYTHAGORICIENS, « le vide existe et pénètre dans le ciel, quand celui-ci respire le souffle *infini*[6] ». Un dualisme naissait donc, où l'infini était l'élément *imparfait*. Un siècle après, PHILOLAOS écrira plus nettement encore : « La nature entière est formée

1. SIMPLIC. *Phys.*, 24, 13 (H. DIELS, *Die Fragm. d. Vorsok.*, p. 15, 9) : τὸ ἄπειρον.

2. HIPPOL. *Ref.*, I, 7 (H. D., 22, 7) : ἀέρα ἄπειρον.

3. H. D., 148, fr. 2 : — ἀλλ' ἄπειρόν ἐστιν.

4. H. D., 326, fr. 2[35] : καὶ τό γε περίσχον ἄπειρόν ἐστι τὸ πλῆθος. — Fr. 1[17] : ἄπειρα καὶ πλῆθος καὶ σμικρότητα. — Fr. 12, 330[27] : ἄπειρον.

5. H. D., 337[34] : ἀέρα ἄπειρον ; — 336[36] : τῶι νῶι ἐνυπάρχειν, etc. — 342[24] : ἀέρα καὶ ἄπειρον εἶναι ; — 348 : οὕτω... ἄνευ νοήσιος.

6. ARIST. *Phys.*, IV, 6, 213[b], 22 : — καὶ ἐπεισιέναι αὐτῷ τῷ οὐρανῷ ἐκ τοῦ ἀπείρου πνεύματος ὡς ἀναπνέοντι καὶ τὸ κενόν.

par l'harmonie du fini et de l'infini[1] ». et nous savons par Aristote que le fini était le principe actif et l'*infini*, le principe *passif*[2]. PARMÉNIDE, dans l'intervalle, avait dit : « (L'être) est *fini* de toutes parts, telle la masse d'une sphère parfaitement ronde[3]. » EMPÉDOCLE célèbre le « Sphéros arrondi », qu'il déclare d'ailleurs par une contradiction de langage « tout à fait infini[4]. » Enfin les atomes de DÉMOCRITE, qui constituent le monde, sont déterminés dans leur forme et dans leur position. Mais leur multitude, les mondes qu'ils forment, le vide où ils se meuvent, sont *infinis*[5]. »

La notion d'infini en venait donc à ne plus exprimer qu'une relation mathématique et même se vidait complètement. Platon, Aristote, les Épicuriens et les Stoïciens achèvent de l'élaborer en ce sens.

L'infini, écrit Platon dans le *Philèbe*, est « tout ce qui nous paraît devenir plus et moins, recevoir le fort et le doux, le trop et toutes choses de cette sorte... »[6] La description de la matière qu'on lit dans le *Timée*, prête vie et figure à cette définition abstraite : « La nature de la matière est de recevoir tout ce qui naît. Elle en prend les formes et les mouvements, mais elle n'a elle-même ni forme, ni mouvement.... fond commun des choses, feu lorsqu'elle s'enflamme, eau lorsqu'elle

1. H. D., 249^{39} : ά φύσις... ἁρμόχθη ἐξ ἀπείρων τε καὶ περαινόντων.

2. ARIST. *Mét.*, I, 5, 986^a 15.

3. H. D., 125^1 : τετελεσμένον ἐστί — πάντοθεν, κ. τ. λ.

4. H. D., 193, fr. 28 : πάμπαν ἀπείρων.

5. SIMPLIC. *Phys.*, 28, 7 (H. D., 376, 38). — Id. *De coelo*., p. 294, 33. Heib. (H. D., 375^{29}). — HIPPOL. *Ref.*, I, 13 (H. D., 377^7). — Voir dans notre travail sur *l'Infinité divine depuis Philon le Juif jusqu'à Plotin et dans la Philosophie grecque avant Plotin*, Paris, Alcan, 1906, la discussion de ces textes et des précédents.

6. *Philèb.*, 24 E.

se liquéfie, terre et air chaque fois qu'elle reçoit ces formes[1]. » La pensée de Platon reste assez imprécise. Une conclusion semble pourtant se dégager. L'infini est pour les êtres leur condition d'existence : il les reçoit ; il les supporte et les berce : il leur fournit même de son propre fond. Nous demeurons ainsi dans la tradition pythagoricienne. Platon est dualiste. — ARISTOTE n'ajoute peut-être rien d'essentiel à la théorie de son maître. Mais les pages de la *Physique* qui la reprennent et la systématisent, contiennent la pensée définitive de la philosophie antique sur l'infini[2]. Nous ne pouvons les résumer ici. Tenons-nous en donc à la conclusion, qui est précise : « Il y a infini, quand quelque chose de toujours autre est reçu : ce qui est reçu est toujours fini, mais toujours différent[3]. » L'infini n'est non plus pour l'être qu'une condition d'existence aussi pauvre que possible. Mais il a le même degré d'existence que la matière première avec laquelle le philosophe l'identifie[4]. Aristote reste dualiste. — Rien n'existe, suivant ÉPICURE, que les atomes et le vide. Les atomes sont déterminés : si, en effet, la division à l'infini était possible, tout s'évanouirait dans le non-être[5]. Mais le vide où les atomes se meuvent est infini : le fini, en effet, suppose une limite, et celle-ci quelque chose qui est au delà[6]. Le nombre des atomes qui doivent remplir

1. *Tim.*, 50 C ; 51 B.
2. *Phys.*, III, 4-8.
3. *Ibid.*, III, 6, 206^{a}, 27 : ὅλως μὲν γὰρ οὕτως ἐστὶ τὸ ἄπειρον, τῷ ἀεὶ ἄλλο καὶ ἄλλο λαμβάνεσθαι, καὶ τὸ λαμβανόμενον μὲν ἀεὶ εἶναι πεπερασμένον, ἀλλ' ἀεί γε ἕτερον καὶ ἕτερον.
4. *Phys.*, I, 8, 191^{b}, 13 et sqq.
5. Diog., X, 56 (Us. *Epic.*, p. 16^{1}).
6. *Ibid.*, X, 41 (Us. 7^{6}).

le vide infini, est lui-même infini[1]. La multitude des mondes l'est également[2]. Ainsi les principes véritables des choses sont finis ; l'infini n'est que l'étendue ou le nombre illimités. « Épicure s'arme en quelque sorte contre l'infini de l'infini lui-même[3]. » — Le fini achève de l'emporter avec les STOÏCIENS. L'univers est un tout déterminé[4]. Si, il est vrai, la matière pouvait exister sans la qualité, elle se disperserait dans le vide et deviendrait infinie. Mais une matière sans qualité serait un non-être[5]. Dès lors, où que ce soit, celle-ci rassemble l'autre et définit son volume[6]. On dira, il est vrai, que l'espace et le vide sont *infinis*. Mais l'espace, le vide, l'infini, étant incorporels[7], n'ont qu'une existence fictive. Ils rentrent dans la catégorie des êtres simplement *exprimables*, intermédiaires entre la pensée et les choses, à la fois vrais et faux. L'esprit les atteint par une marche transcendante : *rien ne leur répond dans la réalité*[8].

L'esprit grec avait donc oscillé d'abord entre la détermination et l'infinité du Principe premier. La logique le conduisait à celle-ci. Mais il inclinait naturellement vers celle-là. La nature qui l'entourait et qui n'offre rien que de distinct l'avait façonné à son image. Dans

1. *Ibid.*, X, 42 (Us. 7[9]).
2. *Ibid.*, X, 89 (Us. 37[14]).
3. CH. HUIT. *Les notions d'Infini et de Parfait*. Rev. de Philosophie. 1er Décembre, 1904 ; p. 751.
4. DIOG., VII, 150. (S., 65, 76).
5. ALEX. APHR. *De Mixt.* III (*Comment. in Arist.* II[2], 216[14]).
6. *Diog.*, VII, 140 (S., 61, 70).
7. STOB. *Ecl.*, I, 392 (Meineck. I, 108[6]) : καθάπερ δὲ τὸ σωματικὸν πεπερασμένον εἶναι, οὕτω τὸ ἀσώματον ἄπειρον.
8. AMMON. *Interpr.*, f. 154 (*Comment. in Arist.* 17[27]) : μέσον τοῦ τε νοήματος καὶ τοῦ πράγματος... λεκτόν. — SEXT. *Mat.*, VIII, 70. — DIOG. VII, 52 (S., 29, 36) : κατὰ μετάβασιν ὡς τὰ λεκτά.

l'une comme dans l'autre « le vague, l'obscur, l'indéfinissable n'...avaient, pour ainsi dire, aucune part »[1]. La *science* a été l'œuvre propre de l'esprit grec. Sa philosophie fut une *physique*. Son dieu demeura le Démiurge d'une matière, qui, d'abord indéterminée, puis habilement arrangée, devint le *cosmos*.

On citera, il est vrai, le texte de la *République* : « L'Essence n'est pas le Bien, mais celui-ci est encore au-dessus de l'Essence par l'ancienneté et la puissance[2]. » On rappellera aussi l'objection que l'auteur de la *Métaphysique* se fait à lui-même : « Si (la Pensée) ne pense rien, elle n'est plus vénérable, mais semblable à l'homme qui dort ; si elle pense quelque chose, ce quelque chose est supérieur à elle, et elle n'est plus l'essence par excellence[3]. » On demandera enfin si l'Infinité divine n'était pas rentrée dans la philosophie grecque avec l'idée stoïcienne de l'Absolu : « Quand l'embrasement universel est terminé, Zeus survit, unique, indestructible, retiré dans sa providence[4]. » — La notion de liberté aussi avait grandi chez les penseurs grecs. Aristote ne la possède peut-être pas aussi complètement qu'on serait d'abord tenté de le croire. « On veut nécessairement le bien rationnel. On veut donc aussi de la même manière toutes les actions qui concourent à le réaliser en nous et autour de nous... Dès lors, il n'est plus possible de prendre parti pour le mal ; ... pas même... pour le moins bon, car le moins

1. A. CROISET, *Hist. de la litt. gr.* t. I, p. 11.
2. *Rép.*, 507 B.
3. *Mét.*, XI, 9. 1074b. 15-20.
4. PLUT. *Comm. not.*, 36 (Bern. VI, 337[5]. W.. 1077 D) : ὅταν... ἐκπύρωσις γένηται, μόνον ἄφθαρτον ὄντα τὸν Δία τῶν θεῶν ἀναχωρεῖν ἐπὶ τὴν πρόνοιαν.

bon est mauvais par rapport au meilleur: on retombe dans le fatalisme moral...[1] » Mais la notion de liberté n'est peut-être pas non plus absente chez Platon, ni même chez Socrate, autant qu'on le dit ordinairement. « Socrate, dit Xénophon, ne séparait pas la sagesse et la sage conduite[2]. » Platon répétera : « Personne n'est méchant volontairement[3]. » Mais la question est de savoir si la sagesse est une condition nécessitante, ou simplement nécessaire[4]. En fait, Platon distingue entre l'opinion et la science. Celle-ci est invincible : mais n'est-elle pas l'idéal et l'irréel ? L'opinion, au contraire, qui est la condition ordinaire des hommes, cède à la partie irraisonnable de l'âme[5]. Socrate, de son côté, ne séparait jamais de la sagesse la maîtrise de soi : « On lui demandait s'il considérait ceux qui savent ce qu'on doit faire, et qui font néanmoins le contraire, comme des gens sages et maîtres d'eux-mêmes : « Je pense, dit-il, qu'ils ne sont pas moins dépourvus de sagesse qu'intempérants[6]. » L'ἐγκρατεία de Socrate est l'embryon de la liberté morale. Celle-ci acheva de s'épanouir avec la vertu stoïcienne. L'âme alors est disposée harmonieusement[7]. Or cette disposition, qui au dire de Simplicius, ne connaissait « ni accroissement, ni diminution »[8], n'est-elle pas une liberté *souveraine* ? En fait, plaisirs et douleurs, joies

1. CL. PIAT. *Aristote*, p. 280.
2. *Mémor.*, III, 9.
3. *Protag.*, 358 C.
4. CL. PIAT. *Socrate.*, p. 162.
5. *Rép.*, 511 DE.
6. XÉNOPH. *Mém.*, III, 9 : σοφούς τε καὶ ἐγκρατεῖς.
7. DIOG. VII, 89 (S., 39, 53).
8. SIMPL. *in Arist. Catig.*, 61, *b* : τὰς δὲ διαθέσεις ἀνεπιτάτους εἶναι καὶ ἀνανέτους. — SÉN. *Epist.*, 76, 10.

et chagrins, bien même et mal, tout devient indifférent pour le sage[1]. On sait enfin quelle place Épicure a faite à la liberté. « Il vaudrait mieux ajouter foi aux fables sur les dieux que d'être asservi à la fatalité des physiciens. La fable, en effet, nous laisse l'espérance de fléchir la nécessité[2]. » Nous sommes donc libres : « Nous déclinons nos mouvements. Le moment en est incertain ; le lieu aussi. Le moteur ici est l'esprit même[3]. » Ce pouvoir, enfin, a son origine et se retrouve dans les atomes : « Dans les atomes donc, il faut l'avouer, il existe en dehors des chocs et de la pesanteur une autre cause de mouvement : d'elle vient la puissance que nous portons en nous[4]. » Mais affirmer la liberté n'était-ce pas poser l'indétermination foncière de l'Être ? — En résumé, la pensée grecque retrouvait, semble-t-il, un double infini d'une double façon : en dehors d'elle, Dieu, que la dialectique ne lui permettait pas de limiter ; en elle, sa propre essence, qu'une expérience de plus en plus intime lui donnait comme indéterminée.

Voici ce qu'il faut répondre. Évidemment l'infini réapparaissait de tous côtés dans la philosophie grecque. Mais elle lui tenait tête au prix des pires illogismes. — Précisément la liberté dont Épicure ne démontre pas, mais affirme l'existence, consacrait le triomphe de l'infini : elle n'en demeure pas moins dans l'ensemble du système un véritable scandale. Le sage stoïcien est, ou plutôt devrait être souverainement libre. Mais il est aussi bien souverainement déterminé. La vertu est in-

1. Diog. VII, 125 (S., 54, 64).
2. Diog. X, 134 (S., 239, 27).
3. Lucrèce, *De nat. rer.* II, 259-60.
4. *Ibid.*, II, 284-8.

séparable de l'ordre universel. La προκοπή est une pièce essentielle du stoïcisme grec[1]. Chez celui-ci, à plus forte raison chez Aristote, chez Platon et avec Socrate, l'esprit antique est demeuré impuissant à comprendre la spontanéité naturelle autrement que liée au déterminisme de l'intelligence. — Les mêmes remarques valent pour le principe premier des choses. Zeus, logiquement, devrait être absolu : il est, en fait, inséparable du monde. Force et matière sont unies partout et toujours[2]. La notion d'Absolu apparaissait, comme nous l'avons remarqué. Elle préparait indirectement la notion postérieure de l'Infinité. M. Ed. Zeller a même pu écrire, non d'ailleurs sans exagération : « Le panthéisme dynamique... des Néoplatoniciens *n'est qu'une métamorphose* de la doctrine stoïcienne sur le rapport de Dieu au monde[3]. » Mais l'esprit grec ne le voulait pas voir. Aristote et Platon le prouvent bien. Dieu, suivant Aristote, ne peut pas ne pas penser et ressembler ainsi à l'homme endormi : mais s'il pense, il paraîtra dépendre de ce qu'il pensera. Le philosophe eût dû, comme Plotin le fera un jour, conclure que Dieu pense sans doute, mais d'une manière supérieure, c'est-à-dire qu'il est au-dessus de la pensée ou infini. Or le Grec se contente d'affirmer que, la pensée étant ce qu'il y a de meilleur, Dieu est une pensée qui se pense[4]. De même, au passage cité de la République, le mouvement de sa pensée amène Platon à l'Infinité. L'Être, en effet, et l'Essence doivent, comme toute autre Idée, participer

1. *Stob. Floril.*, 103, 22 ; *Ecl.*, II, 158. *Diog.*, VII, 117.

2. PLUT., *Stoïc. rep.*, 44 (B., VII, 271^{21}. W., 1054 D). « Ἡ οὐσία συντέτευχεν ἀϊδίως τὸν μέσον κατειληφυῖα τόπον. »

3. *Die phil. d. Gr.*, III², p. 476.

4. *Mét.*, XI, 9, 1074ᵇ.

d'une Idée supérieure. Le Bien donc, qui est par hypothèse l'Idée suprême, sera au-dessus de l'Être et de l'Essence, c'est-à-dire infini. Mais ou cette conclusion échappe au philosophe, ou elle dépassait, comme la suite du dialogue tend à le montrer, le but qu'il poursuivait : « Certes, dit Glaucon, voilà une excellence étonnante. — Aussi, continue Socrate, est-ce toi qui es coupable en me forçant à dire ma pensée sur ce sujet[1]. » Le but du philosophe était seulement, en effet, d'expliquer la *nature* à l'aide d'éléments *déterminés* et intelligibles. Platon, s'il eût achevé sa pensée, l'eût complétée en affirmant la *perfection* totale du Bien.

Les choses changèrent quand l'esprit grec prit contact avec le Judaïsme. Le peuple hébreu avait abouti, pour des raisons morales et politiques, à un Monothéisme rigoureux : « L'histoire d'Israël reste l'histoire de Iahvé... pendant de longs siècles de l'humanité[2]. » Or ce monothéisme marquait la Toute-Puissance divine avec une force qui n'a jamais été dépassée. « Il élève Dieu, écrit M. S. Karppe, à une telle hauteur au-dessus de l'homme, que tendre vers lui sous une forme quelconque est un sacrilège[3]. — Il faut avoir vécu la foi juive pendant sa première jeunesse pour comprendre l'ardeur tenace... avec laquelle le judaïsme s'attacha à Iahvé, la haine farouche et meurtrière qu'il voua à ce qui pouvait être l'ombre d'une ombre de polythéisme[4]. » La théorie des *Puissances* sur laquelle nous reviendrons compléta ce travail. D'un côté, en effet, la pensée juive se vit obligée d'instituer une série

1. *Rép.*, 509 C.
2. A. Loisy. *Études bibliques.* Introd., p. 53
3. *Étude sur les origines et la nature du Zohar*, p. 11.
4. *Essais de critique*, etc., p. 123.

d'intermédiaires pour relier le monde à un Dieu si parfaitement conçu. Mais cette conception progressait du même coup en *se vidant* de tout élément anthropomorphique. L'idée de l'Infinité divine était prête. — Philon lui donna son expression *philosophique* et l'introduisit ainsi dans la spéculation. Ses croyances, en effet, sont celles d'un Juif, mais son éducation est grecque : il n'est même pas bien sûr qu'il ait vu l'hébreu [1] ! Philon était l'intermédiaire désigné entre la tradition judaïque et la philosophie grecque : « L'Intelligence universelle est très pure... meilleure que la vertu, que la science et même que le bien (*Aa*) ! Elle est plus belle que le beau ; sa félicité... surpasse toute félicité... (*Ab*). — Aucun nom ne peut exprimer, non pas même ce qu'elle est... mais seulement les Puissances qui montent la garde autour d'elle... (*Bb*). — Dieu est sans qualités (*Ca* : ἄποιος.) » — Philon a donc, le premier, introduit dans la spéculation la notion *explicite*, sinon de l'Infinité, du moins de l'Indétermination divine.

2° *Est-ce à Philon que Plotin emprunte la notion de l'Infinité divine ?* — Nous le croyons.

La similitude des *mots* est ici insignifiante. Tout au plus devrait-on rapprocher *Bb* : εὐπορούη et *Be'* : ἐν ἀπόρῳ. Mais la similitude de l'inspiration et des *pensées* est plus précise. « L'Intelligence universelle, écrit Philon, est... meilleure que la vertu, que la science, et même que le bien et le beau (*Aa*). — Par la vertu, les âmes apprennent à connaître ce qui est éternel et divin, le Bien premier, beau, heureux, plein de félicité, et, s'il faut dire la vérité, meilleur que le bien, plus beau que

1. A et M. Croiset. *Hist. de la littér. grecq.*, V, 423, note 2.

le beau, dont la félicité et le bonheur surpassent toute félicité et tout bonheur, plus parfait en un mot que ce qui peut être dit (*Ab*). » Dieu, en un mot, est *inconnaissable*. Plotin écrit de même : « C'est ainsi que nous sommes à peu près vis-à-vis de lui (le Principe premier). Quand nous le saisissons en faisant usage de la pure intelligence, (nous affirmons) qu'il est au fond de l'esprit et qu'il donne l'essence et toutes les choses analogues. Pour lui, sa nature est telle qu'il n'est rien de cela. Il est meilleur, plus grand et plus relevé que ce que nous appelons l'être ; il est même supérieur à la raison, à l'esprit et au sens qu'il a produits, sans être lui-même rien de cela (*Aa'*). » — Dieu est aussi *ineffable*. Philon écrit : « Que si quelqu'un le nomme, ce sera d'une manière empruntée. On ne peut rien dire, en effet, de lui, si ce n'est qu'il est ce qui est (*Ba*) » et Plotin : « Il faut être indulgent pour notre langage, quand nous parlons de lui. Nous devons employer en effet pour la démonstration des mots qu'une exactitude rigoureuse ne nous permettrait pas d'employer (*Bb'*). — Nous disons, en effet, ce qu'il n'est pas : mais ce qu'il est, nous ne le disons pas (*Ba*). » Philon écrit encore : « La parole ne peut atteindre jusqu'à Dieu... Il recule ; il s'échappe. Aucun nom ne peut... montrer, je ne dis point l'Être — le Ciel entier... n'y suffirait pas — mais seulement les Puissances qui montent la garde autour de l'Être (*Bb*). » Plotin : « Il faut se taire et s'en aller. C'est une recherche impossible : il faut la quitter et ne plus chercher (*Bc'*). — Nous ne pouvons ni en parler, ni le connaître, ni le penser (*Bd'*). » — Dieu, enfin, est *infini*. « Dieu, écrit Philon, est sans qualités (*Cab*). » Plotin reprend : « Il faut admettre que le Principe premier est infini (*Ca'*). »

On demandera, il est vrai, si le mouvement qui depuis Philon portait l'esprit grec vers l'Infinité, n'expliquerait pas, en dehors de Philon même, les pensées et le langage de Plotin. Mais les ressemblances de fond et de forme que nous venons de relever lèvent la difficulté. Tant s'en faut précisément qu'on puisse relever des ressemblances analogues entre Plotin et ses prédécesseurs depuis Philon. PLUTARQUE par exemple écrit : « Nous disons à Dieu Εἶ, pour faire comprendre que la vraie, l'infaillible, la seule appellation qui lui convienne et qui convienne à lui seul est de déclarer qu'*il est*[1]. — Il voit sans être vu[2]. — L'intelligence et la raison de Dieu primitivement reléguées dans un endroit impénétrable et invisible, furent déterminées par le mouvement à produire les êtres[3]. » Plutarque possède donc le sentiment très vif de la grandeur et de l'excellence divine : « L'Être existant, c'est Dieu. Il n'existe dans aucun point limité du temps..., mais il remplit l'éternité d'un éternel maintenant. Il est saint et pur[4]. » Ce sentiment, néanmoins, n'est jamais exprimé par l'un des termes « ineffable », « sans qualités », « infini », que nous avons rencontrés chez Philon et chez Plotin. Bien plus, Plutarque ne paraît même pas avoir eu la notion proprement dite de l'ineffabilité et de l'infinité divine. Son Dieu est très haut, mais il est personnel. On peut, en somme, se demander si l'Idée du Bien était le dieu de Platon. Le Dieu de Plutarque est précisément le Bien ou l'Intelligence de Platon. Plutarque est néoplatonicien, mais non encore comme

1. *De E.*, 17 (B., III, 19[11]. W., 391 B).
2. *De Is.*, 75 (Bern., II, 549[16]. W., 381 B).
3. *Ibid.*, 62 (B., II, 537[6]. W., 376 C).
4. *De E.*, 20 (B., III, 23[11]. W., 393 A).

Plotin. — Des fragments de Numénius sont plus remarquables. « Dieu, le premier Dieu, étant en lui-même, est simple[1]. — Il ne peut être connu ni par sa présence, ni par analogie avec les choses sensibles[2]. — Platon le savait, lui qui ne laissait aux hommes que la connaissance du Démiurge, mais leur refusait celle de l'Intelligence première : ô hommes, semblait-il dire, vous faites des conjectures sur l'Intelligence ; mais celle-ci n'est pas la première ; il y en a une autre avant elle, plus ancienne et plus divine[3]. » Ces dernières paroles commentent évidemment *dans le sens infinitiste* le passage de la *République* que nous avons déjà cité : « Le Bien est encore au-dessus de l'Être et de l'Essence par l'ancienneté et la puissance. » Et l'ensemble du texte confirme cette interprétation. — Mais les textes établissent aussi que la notion de l'Infinité était encore confuse même chez Numénius. Ainsi le philosophe ayant écrit ce qu'on a lu plus haut disait ailleurs : « Qu'on ne rie pas, si je dis que l'incorporel a pour nom l'essence et l'être[4]. » Numénius, il est vrai, parle ici de l'intelligible en général. Mais par ailleurs il identifie explicitement l'incorporel et le Bien ou premier Dieu : « Son nom véritable est l'incorporel[5]. » Au fond, Numénius est autant néopythagoricien que néoplatonicien. La tradition ne s'y est pas trompée : Eusèbe parle toujours de Numénius le pythagoricien[6]. — Plotin n'aurait-il pas enfin repris à Ammonius Saccas

1. Ap. *Eusèb. Pr. ev.*, XI, 18, 3.
2. *Ibid.*, XI, 22, 1.
3. *Ibid.*, XI, 18, 22.
4. *Eusèb. Pr. ev.*, XI, 10, 7.
5. *Ibid.*, XI, 22, 3.
6. Cf. par exemple, *Pr. ev.*, IX, 7 (Dind., I, 477[4]).

la notion d'Infinité ? Le *Portefaix* passait aux yeux des derniers Néoplatoniciens pour l'inspirateur de Plotin et presque comme un premier Plotin[1]. Aucun texte, il est vrai, ne nous reste d'Ammonius, qui traite de l'Infinité. Mais Hiéroclès, cité par Photius, et l'évêque Némésius nous apprennent comment Ammonius pratiquait la philosophie et ce qu'il pensait de l'âme dans son rapport avec le corps[2]. Or ces opinions et cette pratique sont celles mêmes que Plotin adopte. On ne devrait donc pas douter qu'Ammonius n'ait aussi professé l'Infinité divine. Il n'en est rien. Ammonius éveilla Plotin à la philosophie. Nourri dans les doctrines judéo-chrétiennes, il entretint et développa chez son disciple le goût de l'Absolu. Plotin, sans lui, n'eût peut-être pas fondé le Néoplatonisme. Mais il n'apprit rien à celui-ci et ne fonda rien lui-même. Les opinions, en effet, qu'Hiéroclès et Némésius lui attribuent sont liées aux thèses essentielles des *Ennéades*. Ammonius aurait donc inventé celles-ci tout entières. La chose est insoutenable. Seulement les Néoplatoniciens de la dernière époque agirent vis-à-vis d'Ammonius comme les Néopythagoriciens avaient agi déjà vis-à-vis de Pythagore. Soucieux de conférer à leurs doctrines une antiquité lointaine et mystérieuse, ils les rapportèrent à un homme éminent et presque divin. Celui-ci les avait constituées de toutes pièces et tenues secrètes sauf pour un petit nombre de disciples. Le maître disparu, elles avaient été divulguées[3].

1. PORPHYRE *Vit. Plot.*, 3 (VOLKM. *Ennead.*, I, 5^{20}) ; 14 (*Ibid.*, 19^{13}).

2. HIÉROCLÈS. *De Provid.* ap. PHOTIUS *Biblioth.* (Édit. Bekker, 173^{a} ; Berlin, 1824). — NÉMÉSIUS. *De nat. homm.* ch., II et III (Édit. Matthaei, pp. 69 et seqq., 129 et seqq. ; Halle-Magd., 1802).

3. Cf. ED. ZELLER. *Amm. Sakk. de Plot.* Archiv. f. gesch. etc., VII,

Concluons sur le second point. La notion de l'Infinité divine avait continué de se développer postérieurement à Philon. Mais Plotin l'a trouvée et recueillie chez Philon. Il y a donc lieu simplement de se demander jusqu'à quel point il l'a modifiée.

3° *Plotin modifie-t-il la notion que Philon s'était déjà faite touchant l'Infinité Divine?* — Oui et considérablement.

On ne doit pas, sans doute, tenir rigueur à Philon de ce qu'il prodigue les épithètes à ce Dieu ineffable et sans qualités. Dieu, en effet, devient tantôt « le démiurge du monde[1] », tantôt son « fondateur[2] », tantôt enfin « l'architecte » ou le « père des choses[3] ». Il est aisé de relever les mêmes imprudences de langage chez Plotin. Le Principe premier des *Ennéades* est aussi « la plus haute et la plus véritable des causes », « principe de l'essence », « racine de l'Intelligence[4] », etc. Dans la réalité, en effet, l'Infinité divine demanderait le mutisme absolu du philosophe. Philon, d'ailleurs, et Plotin le savent et nous en préviennent assez : « La parole ne peut atteindre Dieu », dit l'un (*Bb*) ; « il faut se taire », écrit l'autre (*Be'*).

Toutefois les textes mêmes offrent une première preuve du progrès que Plotin fait subir à la notion d'Infinité. Philon, d'abord, ne prononce jamais le nom

295. — *Id. Die phil. d. Griech.*, III², 501-12, 4ste Aufl., 1903. — H. GUYOT. *Ammonius Saccas*. Rev. de l'Inst. cath., 1904, N° 5, qui résume et complète M. Ed. Zeller.

1. *Leg. alleg.*, II, 1 (C., I, 90²⁰. M., 66).
2. *De Somn.*, I, 13 (C., III, 221¹⁴. M., 632).
3. *Leg. alleg.*, I, 18 (C. et W., I, 65¹⁸. M., 47).
4. *Enn.*, VII, 8, 18 (VOLKM, II, 503²⁶). — V, 3, 17 (II, 201¹⁹). — VI, 8, 15 (II, 499²⁷).

d'infini (ἄπειρος), lorsqu'il est question de Dieu ou de ses Puissances. On dirait en quelque sorte qu'il n'en a pas encore une notion suffisamment distincte. Plotin, au contraire, applique couramment à Dieu l'épithète d'Infini. Cf. *Ca'*, et « s'il est infini (ἄπειρον), il n'a pas de grandeur, etc. » (VI, 7, 32; II, 464^{10} Volkm.); infini « d'une infinité sans grandeur, ἀμεγέθει τῷ ἀπείρῳ » (VI, 5, 12; II, 398^{9}); « infini (ἄπειρος), non comme une grandeur » (V, 5, 10; II, 218^{15}): « sa puissance est infinie — τὸ δ' ἄπειρον ἡ δύναμις ἔχει » (V, 5, 10, II, 218^{16}); cf. encore V, 5, 11 (II, 202^{30}). — D'autre part, Philon énonce en passant l'Infinité divine. Il ne la prouve, ni ne l'étudie. « Il est moins un philosophe qu'un théologien » (E. HERRIOT. *Philon le Juif*, p. 348). Toute idée lui convient, qui cadre avec sa croyance : mais s'il la prend, c'est pour la quitter aussitôt. Plotin, il est vrai, ne connaît plus la manière rigoureuse d'un Aristote. Mais il est autrement philosophe que Philon. Il insiste, il établit, il précise. Nous lisons d'abord à chaque instant que le Principe premier est infini. Cette Infinité ensuite n'est pas celle d'une masse, d'une grandeur ou d'un nombre. « L'Un n'est ni mesuré, ni soumis au nombre; — il n'a ni figure, ni partie, ni forme » (V, 5, 11; II, 218^{21}). C'est sa puissance seule qui est infinie. « Infini — par l'incompréhensibilité de la puissance — ἄπειρον... τῷ ἀπεριλήπτῳ τῆς δυνάμεως. » (VI, 9, 6; II, 515^{31}). Plotin, enfin, concilie tant bien que mal les autres parties de sa doctrine avec la notion de l'Infinité divine. Sur ce point, au contraire, les contradictions sont fréquentes chez Philon. Mais ceci mérite un plus long développement.

Le Dieu de Philon, d'abord, est à la fois personnel et infini. Son Infinité ne peut faire l'objet d'un doute après les textes que nous avons rapportés et commentés. Or ce Dieu veut et crée par bonté : « Il a appelé le néant à l'être... : il a mis partout du rapport et de l'harmonie. Dieu, en effet, et ses Puissances *bienfaisantes* ont perpétuellement soin de transformer en une substance meilleure la substance inférieure et défectueuse[1]. » Dieu, pour créer le monde, procède comme un bon architecte dans la fondation d'une ville : il en jette à l'avance les plans ; il organise un monde intelligible sur le patron duquel sera fait le monde sensible[2]. Bien plus : « Les méchants sont le fruit de la colère, et les bons, de la bonté divine. » Philon il est vrai ajoute immédiatement que la colère divine doit être entendue métaphoriquement et signifie la « nécessité et l'imperfection » inhérentes au monde[3]. Sans doute aussi Dieu crée sans fatigue « comme le feu brûle et comme la neige refroidit » (Cf. *infrà,* p. 93). Mais une multitude de textes contraires ôtent toute importance à cet émanatisme vague. Évidemment la personnalité si vigoureuse du Iahvé biblique l'emporte dans le souvenir de Philon sur la notion de l'Infinité et repousse celle-ci. — Plotin est autrement conséquent avec lui-même. L'Un n'est rien qu'infini. Sa puissance en effet est double. « L'une est son essence même : l'autre vient seulement de l'essence. Par l'une, il est chaque chose en acte : de l'autre procède nécessairement ce qui est autre que lui. Ainsi dans le feu distingue-t-on la chaleur essentielle et celle qui en sort et se répand au dehors[4]. » Précisément la puissance.

1. *De justit.*, 7 (S., V, 166. M., 367).
2. *De opif. mund.*, 6.
3. *Quod Deus imm.*, 15 (C., II, 72[16]. M., 283).
4. *Enn.*, V, 4, 2 (II, 205[4]) : ἡ μέν ἐστι τῆς οὐσίας, ἡ δ' ἐκ τῆς οὐσίας.

qui vient de l'essence, agit d'une manière purement physique.

L'Un n'a pas produit par hasard[1]. Il n'a ni désiré, ni délibéré[2]. Il n'a ni remué, ni laissé écouler, ni perdu quoi que ce soit de lui-même[3]. « Il a surabondé et cette surabondance a fait le reste[4]. — Il s'est répandu naturellement comme le feu brûle et comme la neige refroidit[5]. » Enfin les deux principes qui viennent au-dessous du Principe premier sont eux-mêmes infinis, quoique d'une autre façon que celui-ci. « Contemple donc cette grande et inestimable *Intelligence*... Vois comment tout ce qui vient d'elle est en elle. Le nombre apparaît en elle lorsqu'elle contemple ce qui est en elle. Elle est une et plusieurs : plusieurs, c'est-à-dire plusieurs puissances, puissances admirables... vigoureuses, véritables, parce qu'elles n'ont pas de terme, *infinies* par conséquent, *infinité* et grandeur même[6]. » D'autre part, l'*Ame* est également infinie : « Toutes les âmes sont unes : ainsi l'Ame est une en même temps qu'*infinie*[7]. »

Considérons aussi en particulier la conception de la Matière que Philon et Plotin se sont faite respectivement. Nulle part le progrès accompli du premier au second n'est plus sensible. Le dualisme est la négation de l'Infinité divine. Or la matière de Philon est en somme un principe positif. Sans doute, il dira de celle-

1. *Enn.*, VI, 8, 9, (II, 490^{2})
2. *Ibid.*, II, 9, 4 (I, 188^{8}).
3. *Ibid.*, VI, 9, 9 (II, 520^{19}), — VI, 9, 15 (II, 515^{5}).
4. *Ibid.*, V, 2, 1 (II, 176^{10}) : ὑπερερρύη.
5. *Ibid.*, V, 4, 2 (II, 204^{28}).
6. *Ibid.*, VI, 2, 21 (II, 322^{25}) : ἄπειροι τοίνυν καὶ ἀπειρία καὶ τὸ μέγα.
7. *Ibid.*, VI, 5, 9 (II, 392^{15}).

ci : elle est « ce qui n'est pas[1]. » Il écrira aussi : « Dieu produit sans cesse, comme le feu brûle et comme la neige refroidit » (cf. ch. II, p. 56), et il semblera que le monde entier soit un *écoulement* de sa substance. Mais d'abord le rôle de Dieu est plus ordinairement sous la plume de Philon celui d'un Démiurge. « Dieu fait œuvre d'artisan (*δημιουργῆσαι*)[2], organise (*κοσμοποιοῦντος*)[3], refait et ajuste (*μεταποιεῖν καὶ μεθαρμόζεσθαι*)[4] » Philon écrit en outre : « Dieu appela ce qui n'était pas à l'être (*τὰ.. μὴ ὄντα ἐκάλεσεν εἰς τὸ εἶναι*), en tirant l'ordre du désordre, les qualités de ce qui était sans qualités, le semblable du dissemblable, de l'autre le même, de l'inimitié et de la discorde l'amitié et l'harmonie, de l'inégalité l'égalité, des ténèbres la lumière. Sa préoccupation constante, en effet, et celle de ses puissances bienfaisantes est de refaire et d'arranger la nature désordonnée de l'essence inférieure (*τὸ πλημμελὲς τῆς χείρονος οὐσίας*) en une essence meilleure[5]. » La matière conserve dans ce texte le degré de réalité qu'elle possède encore dans le passage bien connu du *Timée* (Cf. *suprà*, p. 14). Les dernières lignes : « Le souci constant de Dieu, etc. » laissent même pressentir son rôle *mauvais*, qui est si évident ailleurs. De la matière, en effet, et de la résistance qu'elle oppose à l'action du Démiurge, dérive l'imperfection du monde : « Sans y être exhorté par personne, — en ne s'aidant que de lui seul, Dieu connut qu'il devait enrichir de ses grâces inestimables et magnifiques la nature privée de dons divins et im-

1. *De justit.*, 7 : τὰ... μὴ ὄντα (S., V, 166. M., 367).
2. *De conf. ling.*, 35 (C., II, 263[25]. M., 432).
3. *De opif. mund.*, 6 (C., I, 7[12]. M., 5).
4. *De justit.*, 7 (S., V, 166. M., 367).
5. *Ibid.*

puissante par elle-même à participer à aucun bien. Mais il ne les a pas prodiguées suivant la grandeur même de ces grâces — celles-ci sont sans limites et infinies (ἀπερίγραφοι.. καὶ ἀτελεύτητοι) — mais suivant la capacité de ce qui les recevait (τὰς τῶν εὐεργετουμένων δυνάμεις). Il est, en effet, naturel à Dieu de faire le bien : il ne l'est pas de même pour le devenir de recevoir ce bien : les puissances (αἱ δυνάμεις) de l'un dépassent toute mesure, mais l'autre est trop faible que pour recevoir pareille grandeur ; elle s'y *refuserait* donc (ἀπεῖπεν ἄν), si Dieu ne mesurait, n'évaluait, n'harmonisait ce qui revient à chaque chose[1]. » Cette matière, enfin, représente le *mal* dans le monde. Elle est le Mal même. Sans doute l'homme est libre : « Seule l'âme de l'homme a reçu de Dieu le pouvoir volontaire (τὴν ἑκούσιον κίνησιν) — c'est pourquoi un châtiment inévitable frappe justement cet affranchi devenu ingrat[2]. » Néanmoins, non seulement le bien, le mal même vient de Dieu : « Les méchants sont le fruit de la colère, et les bons, de la bonté divine[3]. » Mais voici en quel sens : « Par rapport à ce que l'homme endure, *colère* est un terme exact, mais il faut l'entendre *métaphoriquement* en ce qui concerne l'Être[4]. » Le péché est nécessaire en tant qu'il est l'imperfection même du monde : « Tout homme (παντὶ γεννητῷ), même s'il s'applique, en tant qu'il est entré dans le devenir, pèche naturellement (συμφυὲς τὸ ἁμαρτάνειν)[5]. — Il pèche, parce qu'il est homme : il est fini, en effet, puisqu'il est devenu : il ne peut donc

1. *De mund. opif.*, 6 (C., I, 7^{4}. M., 5).
2. *Quod Deus immut.*, 10 (C., II, 67^{5}. M., 279).
3. *Ibid.*, 15 (C., II, 72^{16}. M., 283).
4. *Ibid.*
5. *Vit. Mosis*., III, 17 (S., IV, 233. M., 157).

éviter de pécher[1]. » Ainsi Dieu n'a pu vaincre l'imperfection naturelle des choses : cette imperfection est la matière même, qui résiste à l'action divine. — Le dualisme, avons-nous dit, est la négation de l'Infinité. Celle-ci, au contraire, a pour conséquence logique le monisme. Or autant Philon s'arrête au dualisme, autant Plotin tend véritablement au monisme. De prime abord, il est vrai, sa théorie de la matière reprend et mêle celles de Platon et d'Aristote. La matière est ici et là « mère des choses », « participante sans participer », « infini et non-être ». Mais ces considérations appartiennent chez Platon et chez Aristote à une doctrine, dont le dualisme de l'Idée, de la Forme et de la Matière constitue le fond. Au contraire, le *développement* que Plotin leur donne révèle précisément un effort considérable vers l'unité de principe. Nous ne pouvons apporter ici que quelques textes ; mais ils sont significatifs : « On appelle, semble-t-il, la matière *mère*, parce que la mère tient lieu de matière pour ce qui est engendré : mais c'est en tant seulement qu'elle reçoit, nullement en tant qu'elle fournit quelque chose dans la génération (ὡς ὑποδεχομένης μόνον, οὐδὲν δὲ εἰς τὰ γεννώμενα διδούσης)[2]. » Platon précisément avait appelé la matière « mère » et « réceptacle » des choses, mais il n'avait pas spécifié que cette fonction était purement négative. Plotin écrit encore : « La matière est incorporelle... Elle n'est ni âme, ni intelligence, ni vie, ni espèce, ni raison, ni limite : elle est l'infini en effet (ἀπειρία γάρ) : ni puissance (δύναμις) : que fait-elle en effet ?... On ne lui donnerait pas non plus à bon droit le nom d'être. Il

1. *De animal. sacrif. idon.*, 14 (S., IV, 366, M., 250).
2. *Enn.*, III, 6, 19 (I, 308[32]).

est mieux de l'appeler *non-être*. Elle ne l'est pas, d'ailleurs, comme le mouvement ou le repos le sont (sc. d'une manière relative) : mais elle est véritablement le non-être (*ἀληθινῶς μὴ ὄν*),... le défaut absolu d'être (*ἐν ἐλλείψει τοῦ ὄντος παντός*)[1]. » La matière enfin est identique au Mal en soi, parce que tous deux consistent dans le non-être et l'infinité. Qu'est-ce, en effet, que le premier Mal ? « Cherchons donc le Mal dans ce qui n'est pas..., dans ce qui est mêlé avec le non-être et qui a commerce avec lui.... Et il ne s'agit pas d'un non-être, comme le mouvement et le repos (Cf. *suprà*), qui ont encore quelque rapport avec l'être, mais de l'image de l'être, ou de quelque chose de moins encore (*ὡς εἰκὼν τοῦ ὄντος, ἢ καὶ ἔτι μᾶλλον μὴ ὄν*)... Nous dirons donc qu'il est l'absence de mesure au regard de la mesure, l'infini au regard du fini (*ἄπειρον πρὸς πέρας*)..., et non accidentellement, mais absolument (*οἷον οὐσία αὐτοῦ ταῦτα*) :... l'infini en soi (*ἄπειρον καθ' αὐτό*)[2]. » Le premier Mal est donc identique à la matière : « Enlevez tout, voilà la Matière et voilà le Mal véritable (*ὅταν παντελῶς ἐλλείπῃ, ὅπερ ἐστὶν ἡ ὕλη, τοῦτο τὸ ὄντως κακόν*)[3]. » Bien plus, « L'univers est le meilleur possible (*πάγκαλον καὶ αὔταρκες*)[4]. » Cependant le monde sensible est mauvais, puisque la multiplicité et la division y règnent[5]. La raison, en effet, et la nécessité se partagent le monde. Celui-ci ne pouvait être exclusivement l'une, car l'Intelligence n'avait pas à se répéter, ni l'autre, car l'ordre ne pouvait sortir de la matière. « Il a fallu que

1. *Enn.*, III, 6, 7 (I, 291^{16}).
2. *Ibid.*, I, 8, 3 (I, 101^{74}).
3. *Ibid.*, I, 8, 5 (I, 103^{30}).
4. *Ibid.*, III, 2, 3 (I, 229^{8}).
5. *Ibid.*, III, 2, 2 (I, 227^{19}).

l'harmonie survint entre l'esprit et la matière, celle-ci tirant (ἑλκούσης) vers le moins bon, allant vers la déraison, parce qu'elle est elle-même sans raison, mais l'esprit dominant (ἄρχοντος) la matière[1]. » On croirait jusqu'ici entendre Platon ou Philon. Cependant *pourquoi la nécessité?* Plotin répond alors : « Le Bien n'est pas seul. Nécessairement sa sortie de lui-même (τῇ ἐκβάσει τῇ παρ' αὐτοῦ), ou, si l'on aime mieux, sa descente et son *éloignement continus* (τῇ ἀεὶ ὑποβάσει καὶ ἀποστάσει) ont amené un dernier degré (τὸ ἔσχατον), au delà duquel il n'y avait plus à engendrer quoi que ce soit. Ce dernier degré est le mal (τοῦτο εἶναι τὸ κακόν). Nécessairement il existe quelque chose après le Premier, en sorte qu'il y a aussi un Dernier. C'est la matière qui ne possède plus rien du Premier [τοῦτο δὲ ἡ ὕλη μηδὲν ἔτι ἔχουσα αὐτοῦ (sc. τοῦ πρώτου)]. Telle est la nécessité du mal (καὶ αὕτη ἡ ἀνάγκη τοῦ κακοῦ)[2]. — En vérité. le mal n'est qu'un moindre bien (ὅλως δὲ τὸ κακὸν ἔλλειψιν τοῦ ἀγαθοῦ)[3]. » En un mot, la matière et le mal ne sont que le dernier degré de l'Être et du Bien. Il existe un premier Infini qu'on pourrait appeler *intensif* : c'est le premier Principe. Celui-ci surabonde, procède, s'affaiblit, et en produit un second qu'on peut appeler *extensif*. On retrouve ce second infini d'abord, comme nous l'avons vu plus haut, au sein du monde intelligible, dans la multitude *infinie* des Idées et des Raisons séminales. Il y constitue même une « matière intelligible ». Mais la matière proprement dite, son inexistence et sa malice absolues en est le type véritable. « Dans les choses in-

1. *Enn.*, III, 2, 2 (I, 228^{22}). Cf. encore I, 8, 7 (I, 107^{1}) : ἐν τῷ παντὶ τὴν ὕλην εἶναι δεῖ· ἐξ ἐναντίων γὰρ ἐξ ἀνάγκης τόδε τὸ πᾶν.
2. *Enn.*, I, 8, 7 (I, 107^{12}).
3. *Enn.*, III, 2, 5 (I, 233^{5})

telligibles, la matière est l'infini. Celui-ci a pour origine l'infinité de l'Un, soit de sa puissance, soit de son éternité, car il n'y a pas d'infinité en lui, mais il la fait. Comment donc y en a-t-il là (dans le monde intelligible)? Ne serait-ce pas que l'infini est double (διττὸν τὸ ἄπειρον)? Comment alors diffèrent-ils? Comme l'archétype et l'image (ὡς ἀρχέτυπον καὶ εἴδωλον). Ce dernier est-il donc moins infini? Il l'est davantage. Plus, en effet, l'image fuit l'être véritable, plus elle est infinie. L'infinité est en raison de la moindre détermination[1]. »

1. *Enn.*, II, 4, 15 (I, 164[32]).

CHAPITRE II

L'EXPANSION DE L'INFINI

Dieu est partout et il n'est nulle part. Sa présence est *opérative* et non locale. Ses *puissances* se sont étendues et constituent la variété des êtres.

a) *De conf. ling.*, 27 (C., II, 542[21]) : Ἐπεὶ τίς οὐκ οἶδεν, ὅτι τῷ κατιόντι τὸν μὲν ἀπολείπειν, τὸν δὲ ἐπιλαμβάνειν τόπον ἀναγκαῖον; Ὑπὸ δὲ τοῦ θεοῦ πεπλήρωται τὰ πάντα, περιέχοντος, οὐ περιεχομένου, ᾧ πανταχοῦ τε καὶ οὐδαμοῦ συμβέβηκεν εἶναι μόνῳ οὐδαμοῦ μὲν, ὅτι καὶ χώραν καὶ τόπον αὐτὸς τοῖς σώμασι συγγεγέννηκε, τὸ δὲ πεποιηκὸς ἐν οὐδενὶ τῶν γεγονότων θέμις εἰπεῖν περιέχεσθαι, πανταχοῦ δὲ, ὅτι τὰς δυνάμεις αὐτοῦ διὰ γῆς καὶ ὕδατος ἀέρος τε καὶ οὐρανοῦ τείνας μέρος οὐδὲν ἔρημον ἀπολέλοιπε τοῦ κόσμου... — Qui ne voit que celui qui descend abandonne et gagne nécessairement un lieu ? Or Dieu remplit tout. Il enveloppe et n'est point enveloppé. Il est partout et nulle part et cet état n'appartient qu'à Lui. Il n'est nulle part : l'étendue, en effet, et le lieu des corps ont été engendrés par lui, et, du

a') *Enn.*, VI, 4, 3 (II, 365[10]) : Ἆρ' οὖν αὐτὸ φήσομεν παρεῖναι, ἢ αὐτὸ μὲν ἐφ' ἑαυτοῦ εἶναι, δυνάμεις δὲ ἀπ' αὐτοῦ ἰέναι ἐπὶ πάντα, καὶ οὕτως αὐτὸ πανταχοῦ λέγεσθαι εἶναι ; — Dirons-nous qu'il (le Principe premier) est présent, ou bien que, demeurant en lui-même, ses puissances descendent de lui en toutes choses, et qu'il est proclamé ainsi présent partout.

b') *Enn.*, *ibid.* (II, 365[16]) : Ἢ ἐφ' ὧν μὲν τὸ ἐν τῷ μὴ πᾶσαν τὴν φύσιν ἀποσώζειν τὴν οὖσαν ἐν αὐτῷ ἐκείνῳ ἐνταῦθα δύναμιν αὐτοῦ ᾧ πάρεστι παρεῖναι... — Ne pouvant communiquer entièrement aux choses la nature qui est en lui, c'est sa puissance qui leur est présente.

c') *Enn.*, *ibid.* (II, 365[29]) : Θαυμαστὸν οὖν οὐδὲν οὕτως ἐν πᾶσιν

Créateur et des choses créées, l'on ne peut pas dire que le premier soit enveloppé dans quelqu'une des secondes. D'un autre côté, Dieu est partout. Ses puissances, en effet, se sont étendues à travers la terre, l'eau, l'air et le ciel. Aucune partie du monde n'a été laissée déserte par lui...

b) *Leg. alleg.*, III, 2 (C., I, 114[2]): Πάντα γὰρ πεπλήρωκεν ὁ θεὸς καὶ διὰ πάντων διελήλυθεν, καὶ κενὸν οὐδὲν οὐδὲ ἔρημον ἀπολέλοιπεν ἑαυτοῦ. — Tout est rempli par Dieu ; tout est traversé par lui ; rien n'a été laissé par lui vide et privé de lui.

c) *De somn.*, I, 32 (C., III, 244[21]): Περιέχει γάρ, ἀλλ' οὐ περιέχεται. — Il (Dieu) contient, mais il n'est point contenu.

d) *Leg. alleg.*, III, 2 (C., I, 114[7]): Πρὸ γὰρ παντὸς γενητοῦ ὁ

εἶναι, ὅτι αὖ ἐν οὐδενί ἐστιν αὐτῶν οὕτως ὡς ἐκείνων εἶναι. — Il n'est donc nullement étonnant qu'il (le Principe premier) soit en tout, puisqu'il n'est dans aucune des choses de manière à appartenir à celle-là en particulier.

d') *Enn.*, VI, 4, 2 (II, 365[7]): Καὶ ὅλως πάρεστιν ἐκείνων ἑκάστῳ, οἷς μήτε πόρρωθέν (ἐστι) μήτε ἐγγύθεν, δυνατοῖς δὲ δέξασθαί ἐστιν. — Il (le Principe premier) est tout entier présent à chacune des choses dont il n'est ni éloigné, ni proche ; [il est présent] aux choses qui peuvent le recevoir.

e') *Enn.*, IV, 3, 9 (II, 21[11]): Ἔμψυχος τῷ τοιούτῳ τρόπῳ, ἔχων ψυχὴν οὐχ αὑτοῦ, ἀλλ' αὑτῷ, κρατούμενος, οὐ κρατῶν, καὶ ἐχόμενος, ἀλλ' οὐκ ἔχων· Κεῖται γὰρ ἐν τῇ ψυχῇ ἀνεχούσῃ αὐτόν... — C'est ainsi que (l'univers) est animé. Il possède une âme, qui n'est pas de lui, mais à lui. Il est dominé, mais ne domine pas. Il est possédé, mais ne possède pas. Il gît, en effet, dans l'âme qui le soutient.

f') *Enn.*, IV, 3, 9 (II, 21[24]): Τοσοῦτον γάρ ἐστι τὸ πᾶν, ὅπου ἐστὶν αὐτή, καὶ ὁρίζεται τὸ ὅσον, εἰς ὅσον προϊὸν σῴζουσαν αὐτὴν αὐτὸ ἔχει. — La grandeur du tout est en raison de sa présence (de l'Ame), et son étendue a pour limites celles de l'espace dans lequel il est vivifié par elle.

g') *Enn.*, VI, 8, 11 (II, 493[1]): Διόπερ δεῖ τὸ αἴτιον — ἔξω ποιή-

θεός ἐστι, καὶ εὑρίσκεται πανταχοῦ. — Avant toute chose engendrée, Dieu est et il sera partout.

e) In Exod. II, 68 (S., VII, 361) : *Ex Ente* vero Verbo tanquam ex fonte disruptae *scaturiunt* ambae *virtutes*. Una est creativa, etc. — Du Verbe de l'Être, comme d'une fontaine, s'échappent et jaillissent deux puissances. L'une est créatrice, etc.

f) *De conf. ling.*, 34 (C., II, 262[9]) : Εἷς ὢν ὁ θεὸς ἀμυθήτους περὶ αὑτὸν ἔχει δυνάμεις ἀρωγοὺς καὶ σωτηρίους τοῦ γενομένου... — Dieu étant unique a autour de lui des puissances ineffables, gardiennes et conservatrices des choses.

σασθαι τῆς ἐπιβολῆς τῆς πρὸς αὐτὸν πάντα τόπον — τὸν δὲ τόπον, ὥσπερ καὶ τὰ ἄλλα, ὕστερον καὶ ὕστερον ἁπάντων. — C'est pourquoi il faut mettre la cause en dehors de tout lieu ; — quand à celui-ci, il est postérieur comme le reste et même à tout le reste.

h') *Enn.*, VI, 4, 3 (II, 365[11]) : δυνάμεις δὲ ἀπ' αὐτοῦ ἰέναι ἐπὶ πάντα, καὶ οὕτως αὐτὸ πανταχοῦ λέγεσθαι, εἶναι. — Ses puissances sont descendues sur toutes choses, et il est dit ainsi présent partout.

i') *Enn.*, V, 5, 10 (II, 218[16]) : τὸ δ' ἄπειρον ἡ δύναμις ἔχει. — Il (le Principe premier) est infini par la puissance. — Cf. VI, 9, 6 (II, 515[31]).

j') *Enn.*, V, 4, 1 (II, 203[17]) : καὶ δύναμις ἡ πρώτη, δεῖ πάντων τῶν ὄντων δυνατώτατον εἶναι, καὶ τὰς ἄλλας δυνάμεις καθ' ὅσον δύνανται μιμεῖσθαι ἐκεῖνο. — Il (le Principe premier) est la puissance première, de toutes les puissances nécessairement la plus grande : les autres puissances l'imitent suivant leurs forces.

La présence de Dieu est *opérative*. Ce n'est pas Lui, mais sa *puissance* seule qui est au fond de tout. Celle-ci, en outre, pénètre, enveloppe, et déborde tout : elle est *infinie*. Enfin la variété des êtres exprime les degrés différents et comme l'abaissement progressif de cette puissance. D'un mot, entre Dieu et la matière existe une série de *Puissances intermédiaires* qui sont les parties mêmes de la puissance divine. Ces idées étaient la conséquence nécessaire de l'Infinité divine. Un Dieu infini ne peut pas être *lui-même* quelque part ; sa Puissance sera seule présente. Mais cette Puissance est infinie, elle débordera donc toutes choses, elle sera au fond de tout, et les différents êtres exprimeront ses différents degrés. — Les questions, que nous nous sommes posées au sujet de l'Infinité divine, se posent maintenant au sujet de la Puissance infinie et des Puissances intermédiaires. 1° Philon est-il le premier qui introduise ces idées dans la spéculation? Si oui, Plotin les lui emprunte-t-il? Si oui encore, les modifie-t-il et en quel sens?

1° Les Grecs n'ignoraient pas le sens *actif* du mot *puissance*. On peut relever chez Homère : « *πὰρ δύναμιν* — au-dessus des forces » (*Il.*, VIII, 294), chez Hésiode : « *κὰδ δύναμιν* — autant qu'on peut » (*Œuvr. et jours*, 334), chez Hérodote et chez Eschyle : « *θεῶν δύναμις* — le pouvoir des dieux » (*Hist.*, I, 99 ; *Pers.*, 174) ; chez Démosthène : « *ἡ τῶν λεγόντων δύναμις* — la puissance des orateurs » (596, 21) ; chez Aristote : « *ἡ τῶν λόγων δύναμις* — la puissance de la parole[1] ». Platon écrit aussi dans le passage de la *République*, que nous avons discuté : « *τοῦ ἀγαθοῦ... ἐπέκεινα τῆς οὐσίας πρεσβείᾳ καὶ δυνάμει ὑπερέχοντος* — le Bien est encore au-dessus de l'essence par l'antiquité et la *puissance* » (508 D.). Si, toutefois, il est question ici, comme plus haut chez Eschyle et chez Hérodote, d'une puissance divine, il n'est pas question d'une puissance *infinie*. Aristote, en

1. A. BAILLY, *Dict. grec-français*, 1903, qui cite beaucoup d'autres exemples.

outre, n'en donne pas moins au terme δύναμις la signification philosophique et *définitive* de *puissance passive*, c'est-à-dire d'aptitude à recevoir et à devenir telle ou telle chose : « ἔστι δ' ἡ μὲν ὕλη δύναμις, τὸ δ' εἶδος ἐντελέχεια[1] ».

Un passage de la *Métaphysique* mérite, il est vrai, une discussion plus attentive. Aristote veut démontrer que le premier Moteur est immatériel. Il écrit : « Ce Moteur meut en effet pendant un temps infini; or rien de fini ne possède une *puissance infinie* (Κινεῖ γὰρ τὸν ἄπειρον χρόνον, οὐθὲν δ' ἔχει δύναμιν ἄπειρον πεπερασμένον). » Or toute grandeur est soit infinie, soit finie. Mais si elle est finie, elle n'a pas une puissance(?) (infinie) (πεπερασμένον μὲν δία τοῦτο οὐκ ἂν ἔχοι μέγεθος) : d'autre part, il n'y a pas de grandeur infinie[2]. » On saisit l'importance du passage et, en particulier, des termes δύναμιν ἄπειρον : si, en effet, le premier de ces termes a une signification active, il s'agit alors d'une activité à la fois divine et infinie, et Plotin ne parlera pas autrement qu'Aristote. Mais une telle interprétation n'est guère possible. D'abord le texte semble rapporté. En fait, Aristote prouve antérieurement la simplicité du premier Moteur d'une manière beaucoup plus nette : sa nature d'Acte pur, remarque le philosophe, n'est pas susceptible de changement, de division et de multiplicité. Le raisonnement, en outre, est embarrassé dans son ensemble ; la dernière partie n'en devient même compréhensible qu'en interprétant δία τοῦτο οὐκ ἂν ἔχοι μέγεθος. Enfin la signification active du terme δύναμις ne paraît pas exigée ici plus qu'ailleurs. Voici, en effet, la

1. *De an.*, II, 1, 412ª 9-10.
2. *Mét.*, XI, 7, 1073ª 4-11.

marche du raisonnement. « Un moteur *étendu* éprouvera en mouvant quelque *changement*. Il enfermera donc de la *puissance* au sens péripatéticien du mot, et, s'il meut durant un temps infini, cette puissance sera elle-même infinie. Or d'une part un corps fini n'a qu'une puissance finie; d'autre part, il n'y a pas de corps infini (*Phys.*, III, 5). Donc le premier Moteur, qui meut effectivement pendant un temps infini, est incorporel. » Ce raisonnement est tout à fait dans la manière d'Aristote; il s'appuie sur les autres doctrines du philosophe: il évite de prêter aux termes δύναμις ἄπειρος une signification qui serait extraordinaire en cet endroit d'Aristote.

On rappellera encore, il est vrai, les *Idées* de Platon, les *Formes* d'Aristote, les *Raisons* des Stoïciens. Toutes d'abord étaient vraiment des principes intermédiaires entre Dieu et les choses. Platon ensuite avait plutôt procédé du sensible à l'intelligible que de celui-ci à celui-là; la dialectique était surtout ascendante. Aristote, il est vrai, va encore de la Matière à la Forme. Mais déjà le *désir* (ὄρεξις, *Phys.*, I, 9, 192ᵃ, 14-19) par lequel l'une tend vers l'autre est en somme la connaissance par la Matière et conséquemment la *présence* dans la Matière du Principe divin: « Ce principe suprême, l'être qui est susceptible de changement... le connaît toujours d'une façon plus ou moins obscure: il en reçoit quelques clartés, qui provoquent en ses profondeurs un inextinguible amour; et de là, le drame éternel de la vie[1]. » La Qualité ou Raison s'équilibrent dans l'ensemble du système chez les Stoïciens, bien que ces philosophes aillent souvent encore pratiquement de l'*habitude* à la

1. Cl. PIAT. *Aristote*, p. 22.

nature et de celle-ci à l'*âme*[1]. Entre Platon enfin et les Stoïciens le passage est continu du statique au dynamique, de la logique à la vie. L'Idée si l'on n'y regarde pas de trop près se présente comme un Intelligible plutôt que comme une Intelligence. Mais la Forme est déjà une « énergie ». La Tension enfin est tout le stoïcisme ; la Qualité ou Raison est une Puissance au sens non plus péripatéticien mais philonien du mot.

Ces remarques sont fondées ; Philon en fait utilisera les Idées, les Formes, les Raisons au même titre et de la même façon que les Puissances proprement dites. Cependant la notion de l'Infinité divine, que Philon possède et que les Stoïciens ou à plus forte raison Platon et Aristote ne possédaient pas, introduit alors un changement profond dans la notion corrélative des Puissances intermédiaires. Les traités de Philon présentent une pénétration du monde par Dieu au regard de laquelle le dynamisme grec semble presque de l'inertie. Tout en outre est vivant chez Philon, même le minéral ; l'*habitude* des Stoïciens est encore morte. Les mêmes philosophes procèdent au moins *indifféremment* du monde à Dieu ou de Dieu au monde ; ils vont même ordinairement dans le détail, comme nous l'avons dit, du monde à Dieu. Philon va exclusivement de celui-ci à un monde que Dieu surpasse infiniment.

En résumé, les Idées, les Formes, les Raisons de la spéculation grecque tendaient à devenir des Puissances intermédiaires au sens philonien du mot ; Philon de fait les a utilisées comme telles, mais en les perfectionnant en quelque sorte sur le patron de celles que

1. SEXT. *Math.*, IX, 81.

la Bible lui offrait dans un état d'achèvement presque complet et en perfectionnant celles-là mêmes.

Déjà l'attribut par excellence de Iahvé était la *toute puissance*. « L'Éternel apparut à Abraham et lui dit : Je suis le Dieu tout-puissant [1]. — Y a-t-il rien qui soit étonnant de la part de l'Éternel [2] ? — Sa main serait-elle trop courte [3] ? » Cette Puissance remplit et déborde l'univers :

> Où irais-je loin de ton esprit,
> Et où fuirais-je loin de ta face ?
> Si je monte aux cieux, tu y es :
> Si je me couche au séjour des morts, t'y voilà [4].

Personne ne peut voir Dieu ; cette vision serait insupportable à l'humaine faiblesse. « L'Éternel dit : Tu ne pourras pas voir ma face, car l'homme ne peut me voir et vivre [5]. » — Ces textes traitent exclusivement de la Puissance infinie. On devrait, pour donner une idée complète de cette Puissance, leur en ajouter une multitude d'autres qui les développent en quelque façon : Dieu est *unique* et il n'y a pas d'autre Dieu en dehors de lui (*Exod.*, III, 14 ; *Deut.*, IV, 35, VI, 4) ; il est *éternel*, il n'a ni commencement ni fin, mais il est lui-même principe et fin (*Gen.*, XXI, 33 ; *Exod.*, XV, 18 ; *Job*, XXXVI, 26) ; il sait, il entend, il voit tout (*Exod.*, III, 19 ; *Num.*, XII, 2) ; il est le Juge suprême récompensant chacun suivant son mérite (*Gen.*, XVIII, 25 ;

1. *Gen.*, XVII, 1.
2. *Ibid.*, XVIII, 14.
3. *Ibid.*, XXXV, 11.
4. Psalm., CXXXIX, 7.
5. *Exod.*, XXXIII, 20.

Deut., X, 17) ; il est seul bon et de lui vient toute bonté (*Gen.*, I, 31, III, 6 ; *Num.*, XIV, 7) ; il est seul saint et de lui vient toute sainteté (I *Reg.*, II, 2 ; *Exod.*, III, 5) ; il est seul fort et il donne la force (I *Reg.*, II, 2 ; *Gen.*, XXXII, 28) ; il est seul juste et rien n'est juste que par lui (II *Mach.*, I, 25 ; *Gen.*, VII, 2) ; il est seul heureux et seul immortel, auteur de tout bonheur et de toute immortalité (*Gen.*, XXXIII, 13 ; *Sap.*. I, 15) ; c'est lui seul qu'il faut adorer et qu'il faut servir (*Exod.*, XX, 5 ; *Deut.*, VI, 13). — L'idée de *Création* absolue résume toutes les idées précédentes et exprime plus fortement qu'aucune l'*Infinité* de la Puissance divine. Cette puissance en effet est totalement illimitée, puisque *rien* n'existait en dehors d'elle. Or le Dieu biblique est à chaque instant le Dieu créateur : « Au commencement, Dieu *créa* les cieux et la terre » (*Gen.*, I, 1. Cf. en outre *Exod.*, XX, 11 ; I *Par.*, XXIX, 10 ; *Psalm.*, XCV, 5). Il importe cependant de remarquer que l'idée de création absolue s'est seulement formée peu à peu au cours de l'histoire juive. D'une part, le terme de la *Genèse* « créa » signifie dans l'hébreu *arranger* et non *tirer de rien*. Le terme « fait » qu'on lit ailleurs le traduit exactement (cf. *Psalm.*, XCV, 5). D'autre part, la notion de création absolue n'est pas formée entièrement encore même chez Philon. Si, en effet, comme nous l'avons vu (cf. *suprà*, p. 25), quelques passages du Juif alexandrin montrent Dieu comme le producteur de la matière, d'autres plus nombreux et plus décisifs donnent à celle-ci une réalité propre et une puissance de résistance à l'action divine. A vrai dire la notion de Création absolue n'a pas engendré la notion de l'Infinité : c'est celle-ci qui a produit l'autre. Quand on eût conçu définitivement Dieu comme infini, une matière existant par soi devint impossible à comprendre. Celle-ci fut éternelle encore, mais seulement le dernier degré de la Puissance divine. Les travaux de Plotin, pour qui Dieu est précisément infini et rien qu'infini, imposeront donc aux théologiens l'idée de création absolue. Le Dieu de Philon au contraire, qui est personnel en même temps qu'infini, n'est encore que le *démiurge* du monde. Seulement le philosophe regarde ce Dieu comme *sans qualités* (ἄποιος) : il résume, à ce titre, et renforce la notion déjà très haute que la tradition juive s'était formée concernant la Divinité.

Quand la même tradition voulut passer d'un tel Dieu au monde, elle fut amenée à poser entre celui-ci et celui-là une série de *Puissances intermédiaires*. Le monde, en effet, était trop imparfait pour que Dieu même fût entré en commerce avec lui et l'eût laissé en cet état. « Les Puissances, écrira Philon, qui sont soumises (au Père de l'univers) ont reçu certaines choses pour les façonner, mais celui-ci ne leur a pas donné toute la science nécessaire pour achever leur œuvre[1]. — Dieu est bon maître ; il ne peut être auteur que du Bien, aucun mal ne vient de lui (μόνων ἀγαθῶν αἴτιος, κακοῦ δὲ οὐδενός)... Il convient donc que les Puissances dociles et subordonnées à Dieu — tels les généraux à la guerre — châtient les coupables[2]. » D'autre part, les effets révèlent la nature de la cause. Or Dieu est trop haut pour que l'une ou l'autre des choses que nous voyons ici-bas constitue sa véritable nature. Les modes de l'activité, par laquelle il a produit ces choses, seront donc simplement ses attributs, les degrés de sa puissance,

1. *De conf. ling.* 34 (C., II, 263[6]. M. 431).
2. *De decem orac.* 33 (S., IV, 306. M., 209).

ou, moins encore, des puissances intermédiaires : « Ses puissances se sont étendues à travers la terre, l'eau, l'air, etc. (τάς δυνάμεις αὐτοῦ διὰ γῆς... τείνας, κ. τ. λ) » (*a*) — Ex Ente vero... scaturiunt ambae virtutes. Una est creativa, etc. (*e*) — Dieu étant unique a, autour de lui, des puissances ineffables, gardiennes et conservatrices de l'univers (*f*) ».

La Bible nous fait assister dès ses premiers livres au travail par lequel l'esprit juif purifiant la notion divine de tout anthropomorphisme constitua les puissances intermédiaires. — Nous lisons au second verset de la *Genèse* : « L'*esprit* de Dieu se mouvait au-dessus des eaux. » Plus loin, il est question de « l'*ange* de l'Éternel — » (XVI, 7). Même chose dans *Exode*, III, 2. « L'*ange* de l'Éternel lui apparut (sc. à Moïse) dans une flamme de feu. » Plus loin encore : « La *gloire* de l'Éternel reposa sur la montagne de Sinaï » (XXIV, 16). Un texte, enfin, du même livre est curieux : « Tu te tiendras sur le rocher. Quand ma *gloire* passera, je te mettrai dans un creux du rocher et je te couvrirai de ma main jusqu'à ce que j'aie passé. Et lorsque je retournerai ma main, tu me verras par derrière, mais ma face ne pourra pas être vue » (XXX, 21-23). Dieu même distingue ici sa *gloire* de sa *face* ou essence. Au chapitre XIII des *Juges*, une longue scène se déroule entre Manoach, le père de Samson, et un *ange de l'Éternel* (3, 9, 13, etc.), qui est aussi un *homme de Dieu* (6, 8, 11, etc.) et *Dieu* même : « Et Manoach dit à l'ange de l'Éternel : Quel est ton nom?... L'ange... lui répondit : pourquoi demandes-tu mon nom? Il est *merveilleux* (17-18). — Et Manoach dit à sa femme : nous allons mourir, car nous avons vu Dieu » (22-23). » Le *livre de Job* et les *Proverbes*, où quelques préoccupations philosophiques se mêlent aux croyances traditionnelles, réunissent ces attributs en un type qui est la Sagesse.

> Mais la sagesse, où se trouve-t-elle ?
> Où est la demeure de l'Intelligence ?
> L'homme n'en connaît pas le prix.
> Elle ne se trouve pas dans la terre des vivants.
> L'abîme dit : Elle n'est point en moi ;
> Et la mer dit : Elle n'est point avec moi [1].

Un passage des *Proverbes* est encore plus célèbre. « Moi, la *Sagesse*. ».

> L'Éternel m'a créée la première de ses œuvres,
> Avant ses œuvres les plus anciennes
> J'ai été établie depuis l'éternité,
> Dès le commencement, avant l'origine de la terre,
> Je fus enfantée, quand il n'y avait pas d'abîmes, etc. [2].

Les *Proverbes* sont même en progrès sur le *livre de Job*. Dieu et la Sagesse y sont distingués.

> C'est par la Sagesse que l'Éternel a fondé la terre [3].

Ce travail se poursuivit en dehors de l'influence hellénique dans l'*Ecclésiastique* et jusque chez les Septante. Le Siracide s'étend longuement sur la *Sagesse*. « Elle vient de Dieu ; elle a toujours été avec lui ; elle est éternelle (I, 1). C'est par elle que Dieu a créé le monde (I, 10). Elle vivifie et conserve tout (IV, 12). La *Loi* lui est identique (XV, 1). Non seulement la

1. XXVIII, 12-14.
2. VIII, 12, 22-24.
3. III, 19.

Sagesse est personnifiée : l'auteur l'oppose à la *Puissance* du Très-Haut. « En présence de sa *Puissance,* elle sera glorifiée » (XXIV, 2). A côté de la Sagesse apparaît donc une autre puissance qui est la Puissance proprement dite. La théorie s'enrichit. Quelques idées, enfin, qui sont caractéristiques de cette doctrine chez Philon, se trouvent déjà chez le Siracide. « Israël, lisons-nous, est le domaine de la sagesse ; le peuple élu est le terrain où elle germe » (XXIV, 13). Or Philon identifie aussi le Verbe, la Sagesse et l'Israël voyant (ὁ ὁρῶν, Ἰσραήλ. *De conf. ling.*, 28, C., II, 257[5], M., 427). L'auteur de l'*Ecclésiastique* parle indifféremment de la Sagesse et de la Loi (XV, 1). Philon reconnaît également une Puissance *législative,* dont le rôle est semblable à celui de la Sagesse. « La loi éternelle (λόγος δὲ ὁ ἀΐδιος) de Dieu est... le soutien (ἔρεισμα) du monde... Elle en lie toutes les parties (συνάγων τὰ μέρη πάντα)[1]. Concluons. Nous n'avons pas à parler ici encore des êtres intermédiaires et secondaires. Mais « de l'*Ecclésiastique* à Philon, la théorie de la *Sagesse* ne fera pas un progrès[2] ». — Les Septante, d'autre part, montrent une répugnance très vive pour l'anthropomorphisme, et la notion des Puissances, qui guide à l'occasion leur traduction, le leur fait éviter. Empruntons deux exemples à DÄHNE, *Geschichtliche Darstellung der jüd.-alexandr. Relig.-Philosophie* cité par ED. HERRIOT, *Philon le Juif,* p. 88. Le texte hébreu, en *Josué,* IV, 24, porte « la main de Dieu » : les Septante traduisent « la puissance (δύναμις) de Dieu ». En *Esaïe,* IV, 1, le texte hébreu porte « les pans de sa robe » ; les Septante

1. *De plant. Noe.*, 2 (C., II, 135[3], M., 330).

2. ED. HERRIOT. *Philon le Juif*, p. 42.

traduisent « sa gloire (δόξα αὐτοῦ) ». Mais, ainsi que Ed. Zeller et après lui Ed. Herriot le remarquent contre Dähne[1], ces changements paraissent être le résultat, non de l'influence hellénique, mais « d'un progrès naturel et logique... du dogme ». La doctrine de la Sagesse et des Puissances, telles que le *Pentateuque*, *Job*, les *Proverbes* et l'*Ecclésiastique* l'avaient ébauchée, continuait de se développer en raison du perfectionnement que la tradition juive apportait à la notion de Dieu.

Le développement de cette doctrine prenait cependant son terme sous l'influence hellénique avec Aristobule, la *Sagesse*, et Philon. Aristobule écrit au milieu du IIe siècle av. J.-C. La lettre qu'il adresse à Ptolémée (cf. Eusèbe, *Pr. ev.*, VIII, 9, 10) interprète dans un sens allégorique les expressions réalistes de la Bible concernant la Divinité. « Souvent, remarque le philosophe, notre législateur Moïse, voulant signifier une *idée*, se sert à dessein pour la rendre d'expressions *sensibles*[2]. » Les mains, par exemple, représentent les puissances de Dieu (αἱ χεῖρες ἐπὶ δυνάμεως νοοῦνται θεοῦ)[3]. » De même, quand l'*Exode* dit que l'Eternel est « descendu » sur le mont Sinaï, cette descente n'a existé que dans l'imagination des spectateurs[4]. Le livre de la *Sagesse* marque définitivement la fusion de l'esprit juif et de l'esprit hellénique. Dieu ne peut être connu par la seule raison : il y faut une inspiration particulière : « Ce qui est dans les cieux, qui le verra? Tes desseins, qui les connaîtra, si tu ne donnes ta sagesse,

1. Ed. Herriot, *Philon le Juif.*, p. 91.
2. *Ibid.*, p. 69.
3. *Ibid.*, p. 70.
4. *Ibid.*

si tu n'envoies ton esprit, etc. ? »[1]. Cette *Sagesse* contient un « esprit d'intelligence, saint, unique, multiple, subtil, aimant, bon..., possédant toute puissance, voyant tout, comprenant tout autre esprit[2]. » Elle est « la vapeur de la vertu divine », l'« émanation de la clarté du Tout-Puissant », l'« éclat de la lumière éternelle et le miroir sans tache de la majesté divine »[3]. L'auteur n'établit pas, il est vrai, si la Sagesse est une personne ou seulement un attribut divin. Mais poser une telle question serait un contre-sens historique. Philon même ne se préoccupera pas de définir exactement la nature et le rôle du Verbe (Cf. *infrà*). Toujours est-il qu'entre celui-ci et la Sagesse l'identité est complète.

Philon, avons-nous dit, perfectionna les Puissances bibliques et les combina avec les principes similaires de la spéculation grecque. La théorie des Puissances intermédiaires acquit ainsi chez lui une ampleur qu'elle n'avait pas encore possédée. Nous ne devons l'exposer ici ni tout entière ni en détail[4]. Mais les textes que nous avons traduits çà et là en donnent une idée. Les Puissances sont à la fois auprès et distinctes de Dieu : elles « montent la garde autour de lui — *δορυφόρων* (*b*) ». Leur rôle est double. D'abord elles unissent Dieu au monde. Dieu, en effet, est infini. « Il est donc partout et il n'est nulle part : il enveloppe et il n'est pas enveloppé (*ae*). » Comment cela ? C'est que « ses puissances se sont étendues et aucune partie du monde n'a été laissée déserte par lui (*ab*). » Dieu, en outre, est par-

1. *Sap.*, IX, 16-17.
2. *Ibid.*, IX, 22-23.
3. *Ibid.*, IX, 25-26.
4. Cf. Ed. Herriot, *Philon*, etc. ; p. 241-247.

fait ; le monde est imparfait en soi et moralement. Celui-ci ne pouvait donc venir immédiatement de celui-là. « Dieu a donc réservé aux Puissances une part de la création, et il ne leur a même pas donné toute la science nécessaire pour mener leur œuvre à bonne fin. — Ce sont elles aussi qui punissent, comme les généraux à la guerre[1]. » Les Puissances, en outre, conservent le monde qu'elles ont construit en partie. « Elles sont gardiennes et conservatrices des choses — *ἀρωγοὺς καὶ σωτηρίους* (*e*). — L'univers est enchaîné dans les puissances divines comme dans des liens impossibles à briser et c'est par elles que tout ayant été réuni, tout est devenu inséparable...[2] — Comme des colonnes supportent des demeures entières, ainsi les puissances divines (soutiennent) l'univers et les meilleurs, les plus religieux des hommes[3]. » — Les principales des Puissances sont la Puissance créatrice, la Royale, la Prévoyante, la Législative, etc. La Puissance créatrice a organisé et continue d'organiser la matière. La Royale gouverne le monde. La Prévoyante est la pensée même de Dieu. La Législative est la Loi. La Sagesse est la mère du monde : elle ressemble à la Loi et à la Puissance créatrice[4]. — Philon, d'ailleurs, n'établit pas plus au sujet des Puissances qu'au sujet du Verbe, si elles sont des personnes véritables ou seulement des attributs divins. La question ne se posait pas pour le philosophe. En fait les Puissances sont tantôt ceci, tantôt cela, et parfois les deux choses en même temps. Ainsi dans ce passage du *De Abrahamo* : « Au milieu, le

1. Cf. supra, p. 68-70.
2. *De conf. ling.* 33 (C. II, 261 ; M., 430).
3. Fragm. Mang., II, 661 (S., M., 290).
4. Cf. Ed. Herriot, *Philon le Juif*, p. 245-46.

Père des choses que les Saintes Écritures appellent de son véritable nom, l'Être : de chaque côté, les Puissances les plus anciennes et les plus proches de l'Être (*αἱ δὲ παρ' ἑκάτερα αἱ πρεσβύταται καὶ ἐγγυτάτω τοῦ ὄντος δυνάμεις*), la Créatrice et la Royale... — La vision est alors une et triple : d'une part, l'Être par excellence... : d'autre part, deux autres (êtres), etc. [1]. » Nous reviendrons d'ailleurs sur ce point. Concluons pour la dernière fois que Philon a introduit dans la spéculation grecque l'idée de Puissance infinie et la doctrine des Puissances intermédiaires.

2° *Plotin a-t-il repris à Philon l'idée de la Puissance infinie et des Puissances intermédiaires?* Les textes que nous avons rapprochés le prouvent.

Le langage des deux philosophes présente d'abord quelques similitudes. Nous lisons en *a*) *περιέχοντος, οὐ περιεχομένου* (Cf. *e*) *περιέχει, ἀλλ' οὐ περιέχεται*), et en *e'*) *κρατούμενος, οὐ κρατῶν, καὶ ἐχόμενος, ἀλλ' οὐκ ἔχων* : en *a*) *πανταχοῦ τε καὶ οὐδαμοῦ... εἶναι*, et en *e*) *ἐν πᾶσιν εἶναι, ὅτι οὐ ἐν οὐδενί* : en *a*) *τὰς δυνάμεις αὐτοῦ ... τείνας* et en *a'*) *δυνάμεις δ' ἀπ' αὐτοῦ ἰέναι* : en *f*) *δυνάμεις* et en *f'*) *δυνάμεις*.

La similitude des pensées est très frappante. A la fin de *a*), par exemple, nous lisons : « Ses puissances se sont étendues à travers la terre, l'eau, l'air et le ciel. » Plotin écrit en *a'*) : « Ses puissances descendent de lui en toutes choses. » On peut rapprocher encore le début de *a*) et *e*) : « Il enveloppe et n'est pas enveloppé : il est partout et nulle part. — L'univers est dominé, mais ne domine pas : il est possédé, mais ne

1. [illegible], III, 28 (M., 18).

possède pas. » Le milieu de *a*) : « L'étendue et le lieu ont été engendrés par lui » rappelle *f*) : « La grandeur du tout est en raison de sa présence (de l'Ame), et son étendue a pour limites celles de l'espace dans lequel il est vivifié par elle. » De même *b*) et *d*) : « Tout est rempli par Dieu : tout est traversé par lui : rien n'a été laissé par lui vide et privé de lui. — Il est tout entier présent à chacune des choses dont il n'est ni éloigné ni proche. » Le texte *e*) enfin : « Ex Ente... scaturiunt ambae virtutes » rappelle *h*) : « Ses puissances sont descendues sur toutes choses. »

Plutarque, il est vrai, et Numénius, placent aussi une série d'intermédiaires entre Dieu et la matière. Le premier reconnaît une Ame bonne et une Ame mauvaise : « Ce n'est pas un même sommelier qui, puisant à deux tonneaux des vins différents, les combine et les distribue à tous : il y a deux principes opposés, deux *puissances* contraires, dont l'une va à droite et en ligne directe, tandis que l'autre tire en sens contraire et en ligne brisée (*ἀλλ' ἀπὸ δυοῖν ἐναντίων ἀρχῶν καὶ δυοῖν ἀντιπάλων δυνάμεων*)[1]. » Bien plus, l'âme bonne est « œuvre (*ἔργον*) et partie » de Dieu : elle est non seulement par lui, mais elle vient de lui et sort de lui (*καὶ μέρος οὐδ' ὑπ' αὐτοῦ ἀλλὰ καὶ ἀπ' αὐτοῦ καὶ ἐξ αὐτοῦ γέγονεν*)[2]. En outre, l'Ame mauvaise est une réalité positive et indestructible. La matière, en effet, est « de soi sans qualité et sans action » : comment pourrait-elle être en même temps « malfaisante... et rebelle à Dieu ?[3] » Avant la création, donc, la matière n'était pas « le défaut complet de corps, de mouvement et

1. *De Is.*, 369 B, (II, 517 ; W., 369 A).
2. *Plat. quaest.*, II, 1 (B., VI, 194 ; W., 1001 C).
3. *De an. procr.*, 6 (B., VI, 191 ; W., 1014 E).

d'âme » : elle manquait seulement de « forme » et de « consistance »[1]. De plus, « l'anéantissement total de la puissance mauvaise est impossible (ἀπολέσθαι δὲ τὴν φαύλην παντάπασιν ἀδύνατον) : par une foule de points, en effet, elle adhère au corps et à l'âme de l'univers et la puissance bonne trouve en elle un adversaire infatigable (πρὸς τὴν βελτίονα ἀεὶ δυσμαχοῦσαν)[2]. » Au-dessous du principe bon et du principe mauvais viennent, enfin, les dieux et les démons. Les premiers sont les astres heureux et immortels. Les seconds sont des Génies intermédiaires entre les dieux et les hommes. Les uns sont bons : ils portent aux dieux les supplications des hommes et rapportent à ceux-ci les oracles et les richesses. Les autres sont mauvais et châtient les hommes[3]. — Numénius écrit à son tour : « Soient donc ces quatre choses : le premier Dieu ou Bien absolu (αὐτοάγαθον) : celui qui l'imite et qui est le Démiurge bon : l'essence unique du premier (Dieu), et une autre essence qui est celle du second (Dieu) (ἡ δ' οὐσία μία μὲν ἡ τοῦ πρώτου, ἑτέρα δὲ ἡ τοῦ δευτέρου) : l'image de cette dernière, qui est le *cosmos* (ἧς μίμημα ὁ καλὸς κόσμος) (Ap. EUSEB. *Prep. év.*, XI, 22, 3, Dind., 47[2]).

Les puissances intermédiaires occupaient donc depuis Philon une place considérable dans la spéculation. Cette place n'a rien qui doive surprendre. La notion d'infinité divine, dont nous avons constaté le progrès chez Plutarque et chez Numénius, voulait qu'il en fût ainsi chez ceux-ci comme chez Philon. Mais les doctrines résumées à l'instant n'ôtent d'abord

1. *De an. procr.*, 5 (B., VI, 160 ; W., 1014 [illegible]).
2. *De Is.*, 48 [illegible] (B., II, [illegible] ; W., [illegible]).
3. *De E*, [illegible] *De I.*, [illegible].

rien de leur valeur aux rapprochements que nous avons effectués entre Philon et Plotin. Celui-ci a pu s'inspirer de Numénius, par exemple, aussi bien que de Platon, d'Aristote ou de Philon : les textes établissent que la doctrine de ce dernier sur les Puissances intermédiaires était connue du philosophe alexandrin. Seulement Plotin la perfectionne. Voyons comment.

3° *Plotin a-t-il perfectionné, et comment, la doctrine de Philon sur les puissances intermédiaires?*

Nous avons déjà remarqué (Cf. *suprà*, p. 22) comment Plotin est plus précis et plus subtil que Philon touchant la Puissance infinie de Dieu. Non seulement il la désigne expressément, mais il en étudie la nature. Cette puissance est double, intérieure et extérieure, comme la chaleur et son rayonnement.

Le même progrès est réalisé en ce qui concerne les Puissances intermédiaires. Philon n'en détermine exactement ni le nombre, ni la nature, ni les rapports. Nous en avons compté avec M. Ed. Herriot cinq principales, la Créatrice, la Royale, la Législatrice, la Prévoyante, la Sagesse, mais on peut leur en ajouter beaucoup d'autres, le Verbe d'abord, et dans celui-ci même, sans que la distinction soit rigoureuse[1], le Verbe intérieur (ὁ λόγος ὁ ἐνδιάθετος) et le Verbe extérieur (ὁ προφορικός)[2], puis l'Activité de Dieu, la Bonté de Dieu, le Monde Intelligible, les anges, etc.[3]. On ne voit pas non plus si les Puissances sont des personnes ou de simples attributs. La plupart du temps elles

1. Ed. Herriot. *Philon*, pp. 256-57.
2. *Vit. Mosis*, III, 13 (C. IV, 230⁴. M , 154).
3. Cf. Ed. Herriot. *Philon*, pp. 237-57.

sont l'un ou l'autre ou l'une et l'autre. Nous l'avons établi par un texte tiré du *De Abrahamo,* mais ce texte est loin d'être unique. « La Loi divine et éternelle, lisons-nous par exemple dans le *De plantatione Noe,* est le soutien... le plus ferme du monde. Elle s'étend du centre aux extrémités et de celles-ci au centre, etc.[1]. » Ici la loi n'est pas autre chose que la Puissance divine elle-même. Ailleurs, au contraire, le philosophe personnifie énergiquement la Justice de Dieu et nous la montre « se frottant de poussière — *κονίεσθαι κατ' αὐτοῦ* » pour lutter contre le gouverneur Flaccus[2]. Philon, enfin, détermine mal le rapport des puissances entre elles. Ordinairement, il est vrai, la Créatrice et la Royale sont énumérées les premières (Cf. *De Abrahamo,* 24). Mais les autres sont nommées au hasard et, comme nous l'avons dit, mal distinguées entre elles. La doctrine du Verbe, surtout, montre combien Philon manquait d'unité et de logique. Dans le même texte, le Verbe est « le fils de Dieu (*υἱὸς θεοῦ*) », « l'ange le plus ancien et l'archange (*τὸν ἄγγελον πρεσβύτατον, ὡς ἀρχάγγελον*) », ou simplement « le nom de Dieu (*ὄνομα θεοῦ*) », « l'image de Dieu (*θεοῦ εἰκών*) », « Israël voyant (*ὁ ὁρῶν, Ισραήλ*) », c'est-à-dire Israël en tant que vivant conformément à la Loi de Dieu[3]. La variété et même l'opposition des épithètes restent les mêmes au cours de l'œuvre. Tantôt le Logos est le « type premier de la cause (*ἀρχέτυπον τοῦ αἰτίου*)[4] », « l'ombre de Dieu (*σκιὰ θεοῦ*)[5] », « l'empreinte (*χα-*

1. 2 (S., II, 135[3]. M., 330).
2. *In Flacc.*, 12 (S., VI, 67. M., 532).
3. *De conf. ling.*, 28.
4. *De plant. Noe.*, 5 (C., II, 137[18]. M., 332).
5. *Leg. alleg.*, III, 31 (C., I, 134[18]. M., 106).

ρχατής) » de Dieu[1], tantôt « le grand-prêtre (ἀρχιερεύς)[2] », « le pilote du monde (κυβερνήτης)[3] », « le prophète de Dieu (προφήτης)[4] ». On ne voit pas enfin le rapport que le Verbe soutient exactement avec les Puissances. Est-il aussi une Puissance et la première de toutes ? N'en est-il au contraire que la collection assez disparate ? Aucun texte ne permet d'affirmer définitivement ceci ou cela. Un exposé philosophique pourra toujours systématiser Philon : le Verbe apparaîtra alors, sinon encore comme une personne, du moins comme *une* Puissance *supérieure* aux autres. Mais on pourra aussi souscrire toujours à cette conclusion : « Il n'y a qu'un Logos ou, si l'on veut, il y en a un nombre considérable.... autant que (Philon) imagine d'êtres intermédiaires entre le monde sensible et Dieu, et nous pouvons... augmenter le nombre de ces Verbes en augmentant le nombre de ces êtres...[5] ».

Plotin, comme nous le disions, est plus précis. Sans doute les Puissances intermédiaires apparaissent peu sous ce nom dans les *Ennéades*. Mais ce nom impliquait précisément un mélange confus de choses diverses. Plotin substitue donc aux Puissances de Philon des Principes exactement définis et subordonnés les uns aux autres, l'Intelligence, l'Ame, les dieux, les démons, les hommes, les animaux, les plantes, les corps bruts, la matière. L'Un étant parfait a surabondé[6]. La puissance extérieure de son essence a ainsi produit

1. *Leg. alleg.*, III, 31 (C., I, 134), M., 106.
2. *De Somn.*, I, 37 (C., III, 251), M., 653.
3. *De Cherub.*, 11 (C., I, 179), M., 139.
4. [illegible] (C., II, 80), M., [illegible].
5. Cf. Herriot, *Ph*[illegible], p. [illegible].
6. *Enn.* V, 2, 1 (II, 176).

l'Intelligence (cf. *suprà*). Toutefois quand celle-ci est sortie de l'Un, elle était seulement une puissance indéterminée. Mais elle s'est tournée vers son principe et elle l'a vu : cette *vision* est l'Intelligence même (ἡ δὲ ὅρασις αὕτη νοῦς). L'Intelligence, en outre, a fait effort pour saisir le Principe premier. Or celui-ci est une Puissance infinie. L'Intelligence ne pouvant l'embrasser dans sa plénitude l'a brisé pour en posséder les parties, et elle est ainsi devenue multiple[1]. Deux principes ont donc contribué à former l'Intelligence. L'un est le Principe premier dont la puissance la fonde et l'excite ; l'autre est l'Intelligence même, qui excitée achève de se déterminer elle-même[2]. Cette Intelligence n'est séparée du Principe premier qu'en tant qu'elle en est distincte[3]. Cependant elle est Dieu, Sagesse immuable, Vie première, et la conscience qu'elle possède d'elle-même enveloppe dans une intuition unique le sujet et l'objet[4]. Or une Puissance si grande ne peut ni demeurer stérile[5], ni entrer en contact immédiat avec la matière[6]. Un troisième principe apparaît donc : c'est l'Ame universelle. Mais celle-ci sort de l'Intelligence, comme l'Intelligence était sortie de l'Un, sans mouvement, par une *effusion naturelle*[7]. L'Ame est le Verbe extérieur, l'hypostase immédiate, l'image de l'Intelligence[8]. L'une cependant est moins

1. *Enn.* V, 1, 7 (II, 169). V, 3, 11 (II, 193). V, 6, 4 (II, 225). II, 5, 3 (I, 170). III, 8, 8 (I, 341).
2. VI, 7, 16 (II, 440).
3. V, 1, 6 (II, 169).
4. VI, 7, 13 (II, 444). VI, 2, 21 (II, 303). II, 9, 1 (185).
5. VI, 1, 7 (II, 170).
6. V, 2, 1.
7. V, 2, 1 (II, 176) : [illegible].
8. V, 1, 3.

parfaite que l'autre. L'être, à mesure qu'il procède, perd en activité et en dignité[1]. L'Intelligence, en outre, est consubstantielle aux Idées : l'Ame ne retient les Raisons séminales qu'à l'état dispersé[2]. Quand l'Ame est devenue parfaite, elle cherche aussi à se développer. Deux puissances, en effet, la constituent. L'une la fait agir sur elle-même : c'est sa partie raisonnable ; l'autre, qui est sa partie irraisonnable, la pousse à agir au dehors. Les êtres vivants possèdent tous cette dernière. Mais elle sommeille chez eux, tandis qu'elle est, dans l'Ame, une faculté vigilante[3]. L'Ame agit, d'ailleurs, sans désir ni réflexion, naturellement, comme le feu brûle et comme la neige refroidit (Cf. *infrà*, p. 56). Tandis cependant que le monde intelligible avait été produit au sein d'une immobilité absolue, l'Ame se meut pour organiser le Monde sensible[4]. La Matière, enfin, est le dernier degré de la puissance divine (Cf. *suprà*, p. 28).

∴

Dieu a produit et produit encore comme le feu réchauffe et comme la neige refroidit.

(a) *Leg. alleg.* I, 3 (C., I, 60) [illegible] Dieu

(b) *Enn.* V, 1, 6 (II, 168) [illegible] Le feu répand sa chaleur au dehors, et dans la

1. IV, 3, 9 (II, 20)
2. IV, 3, 9.
3. IV, 3, 10 (II, 25); I, 8, 2 (I, 10)
4. V, 2, 1 (II, 176)

ne cesse jamais de produire ; mais, comme le propre du feu est de brûler et celui de la neige de refroidir, ainsi le propre de Dieu est de produire.

neige, ce n'est pas l'intérieur seulement qui est froid.

l) *Enn.*, IV, 3, 10 (II, 22[14]) : πυρὸς μὲν γὰρ θερμὰ ποιεῖν, καὶ τὸ ψύχειν ἄλλου, ψυχῆς δὲ τὸ μὲν ἐξ αὐτῆς εἰς ἄλλο, τὸ δὲ ἐν αὐτῇ. — Comme le feu répand de la chaleur, et comme le froid vient d'un autre principe, ainsi l'Âme agit en partie hors d'elle-même sur autre chose, en partie en elle-même.

m) Cf. *Enn.*, II, 9, 3 (I, 187[9]).

Les Stoïciens avaient déjà dit : « Comme c'est le propre de la chaleur de réchauffer, non de refroidir, ainsi c'est le propre d'une chose bonne d'être utile, non de nuire — *ὡς γὰρ ἴδιον θερμοῦ τὸ θερμαίνειν, οὐ τὸ ψύχειν, οὕτω καὶ ἀγαθοῦ τὸ ὠφελεῖν, οὐ τὸ βλάπτειν* » (Diog. VII, 103, S.). Plutarque de son côté écrira : « Comme la chaleur ne refroidit pas, mais réchauffe, ainsi une chose bonne ne nuit pas — *οὔτε γὰρ θερμοῦ τὸ ψύχειν, ἀλλὰ τὸ θερμαίνειν, ὥσπερ οὐδ' ἀγαθοῦ τὸ βλάπτειν* » (*Non poss. suav. vir.* 22, B.). L'analogie de l'idée et surtout du langage est évidente entre ces deux passages et les textes cités de Philon ou de Plotin (Cf. τὸ ψύχειν en (*a*), (*l*), chez les Stoïciens et chez Plutarque : ὥσπερ ἴδιον τὸ καίειν πυρὸς en (*a*) et πῦρ ...θερμότατα en (*k*), πυρὸς...θερμὰ en (*l*), θερμοῦ τὸ θερμαίνειν chez les Stoïciens et chez Plutarque). Mais Plutarque cite presque textuellement les Stoïciens. Philon s'en souvient aussi, mais il s'inspire plutôt qu'il ne cite et il ajoute de son cru soit pour la forme (καὶ χιόνος τὸ ψύχειν), soit, comme nous le verrons, pour le fond. Plotin, enfin — c'est le point qui nous importe — paraît bien se souvenir, non des Stoïciens ou de Plutarque, mais de Philon. Les ressemblances de langage et d'idée sont très grandes en effet entre (*a*) et (*k'*) ou (*l'*) : elles ne portent que sur quelques mots entre (*k'*) ou (*l'*) et les Stoïciens ou Plutarque.

Ceux-ci d'ailleurs emploient la comparaison que nous étudions d'une façon bien différente de Philon et de Plotin. — Cette comparaison n'a chez les Stoïciens aucune portée métaphysique. Diogène résumant la doctrine du Portique vient d'écrire que la vie, la santé, le plaisir, etc., et leurs contraires sont choses indifférentes en soi mais préférables ou non en l'espèce (*ἀδιάφορα κατ' εἶδος προηγμένα*) : l'historien poursuit : « Comme c'est le propre de la chaleur de réchauffer, etc. », puis conclut : « Or les richesses et la santé sont tantôt utiles, tantôt nuisibles : elles ne sont donc pas bonnes » (Diog. VII, 102-103). Plutarque au contraire ne parle plus absolument des choses bonnes en général, mais du Bien ou de *Dieu*. « Dieu... ne peut ni faire ni éprouver le mal. Il est bon en effet. Or l'Être bon ne subit ni envie, ni crainte, ni colère, ni haine. Comme la chaleur ne peut refroidir, mais seulement échauffer, etc... » (*Loc. cit.*). — Philon parle de Dieu comme Plutarque : « Dieu ne cesse jamais de produire, etc. » (*a*). Mais le Dieu de Philon est en partie infini : celui de Plutarque est tout à fait déterminé. Le dernier veut donc dire simplement que Dieu étant bon ne peut faire le mal : l'autre entend exprimer la *perfection* et la *continuité* de l'action créatrice qui conviennent à un Dieu infini : « Comme le propre du feu est de brûler et celui de la neige de refroidir, ainsi *le propre de Dieu est de produire* » (*a*). Il y a là d'ailleurs un vague émanatisme. Cet émanatisme s'accordait bien avec le Dieu de Philon, en tant que ce Dieu était infini : mais ce Dieu, comme nous l'avons dit, est aussi personnel (Cf. *suprà*, p. 23). La comparaison citée en (*a*) ne nous donne donc pas la pensée définitive de Philon sur Dieu et le rapport de Dieu avec le Monde. Aussi n'est-elle destinée précisément qu'à marquer la perfection de ce Dieu, son infinité ou sa détermination mises à part. — L'Un chez Plotin n'est rien qu'infini. Plotin entend donc parler de la Perfection divine, non seulement pour elle-même, mais dans son rapport avec l'Infinité. Dieu produit « comme le feu répand sa chaleur *au dehors* » (*k'*), c'est-à-dire sans diminuer, sans sortir de lui-même, par une *puissance extérieure* (ἐκ τῆς οὐσίας. Cf. *suprà*, p. 24). Déjà la dernière partie de (*k'*) l'indique : « et dans la neige ce n'est pas l'*intérieur* seulement qui est froid » : mais (*l'*) le dit clairement, encore qu'il s'y agisse de l'Ame et non de l'Un. « L'Ame agit en partie hors d'elle-même sur autre chose, en partie en elle-même. » Enfin l'émanatisme vague qui est au fond de la comparaison en question s'accordait assez bien, nous l'avons dit, avec l'Infinité partielle du Dieu philonien : mais Philon qui n'est pas émanatiste ne se garde cependant pas de l'émanatisme. Plotin au contraire l'évite tout en reprenant les paroles de Philon et en estimant qu'elles exprimaient bien la perfection infinie de l'action divine. Si, en effet, l'on a lu attentivement la *génération des Principes intermédiaires*, telle que nous l'avons résumée plus haut (Cf. *suprà*, pp. 54 et sqq.), l'on aura vu que l'Un ne contient pas ces principes *tels quels*. Son essence, ou plutôt la puissance extérieure à son essence rayonne et en fournit le fond. Mais l'Intelligence, par exemple, s'excite à l'aide de la puissance qu'elle a reçue, se tourne vers l'Un qu'elle essaie d'embrasser, et se confère ainsi *elle-même* sa nature intelligente et multiple.

Or, dans un système vraiment émanatiste, le principe producteur contient tels quels les principes produits : la flamme n'existe et ne réchauffe que par le foyer qui la contient et l'alimente. La philosophie de Plotin n'est donc ni l'émanatisme ni même quelque chose de voisin de l'émanatisme.

Les considérations qui remplissent le précédent paragraphe montrent à la fois comment Philon a introduit en quelque sorte le premier dans la spéculation grecque la comparaison citée et comment Plotin l'a modifiée en la reprenant à Philon.

a) *Enn.*, VI, 9, 6 (II, 516) : Οὐ γάρ τι ζητεῖ,... ἵνα ἐκεῖ ἱδρυθῇ. Car il (le Principe premier) ne cherche rien où s'édifier.

b) *De opif. mund.*, 20 (C., I, 11) : Ὁ μὲν οὖν ἀσώματος κόσμος ἱδρυθεὶς ἐν τῷ θείῳ λόγῳ. — Ce monde incorporel, édifié sur la raison divine.

c) *Enn.*, VI, 4, 8 (II, 371) : ἄϋλον δὲ εἴ τί ἐστι καὶ δεῖται οὐδὲν σώματος πρότερον ὂν τῇ φύσει παντὸς σώματος, ἱδρυμένον αὐτὸ ἐν ἑαυτῷ, μᾶλλον δὲ οὐδὲ ἱδρύσεως δεόμενον οὐδὲν τῆς τοιαύτης... Mais si quelque (être) est immatériel et n'a pas besoin d'un corps, étant antérieur naturellement à tout corps, édifié sur lui-même, ou plutôt n'ayant nullement besoin d'une édification de cette sorte

Philon parle de Dieu et du monde en général, et Plotin plus spécialement du Principe premier. Mais l'analogie de la pensée et de l'expression est évidente. Il s'agit toujours d'un être appuyé sur un autre être et lui empruntant toute sa réalité.

La philosophie grecque antérieure à Philon n'avait pas connu cette manière de voir. Sa marche, en effet, avait été régressive, c'est-à-dire de la nature à Dieu. Celui-ci, par suite, était encore le principe de l'autre, mais c'est la nature qui en prouvait l'existence et en déterminait jusqu'à un certain point l'essence. La pensée, par exemple, est la représentation la plus haute que les philosophes s'en forment. Pour Philon, au contraire, Dieu existe d'abord et se suffit : le monde vient ensuite, tant bien que mal, comme l'effet plus ou moins inférieur de sa puissance. La marche est progressive.

∴

i) *De gigant.* 2 (C., II, 43[illegible]) : ψυχαὶ δέ εἰσι κατὰ τὸν ἀέρα πετόμεναι... ἀνάγκη γὰρ ὅλον... δι' ὅλων τὸν κόσμον ἐψυχῶσθαι, τῶν πρώτων καὶ στοιχειωδῶν μερῶν ἑκάστου τὰ οἰκεῖα καὶ πρόσφορα ζῷα περιέχοντος, γῆς μὲν τὰ χερσαῖα, θαλάττης δὲ καὶ ποταμῶν τὰ ἔνυδρα, πυρὸς δὲ τὰ πυρίγονα.... οὐρανοῦ δὲ τοὺς ἀστέρας. Καὶ γὰρ οὗτοι ψυχαὶ ὅλαι δι' ὅλων ἀκήρατοί τε καὶ θεῖαι, παρὸ καὶ κύκλῳ κινοῦνται τὴν συγγενεστάτην νῷ κίνησιν· νοῦς γὰρ ἕκαστος αὐτῶν ἀκραιφνέστατος. Ἔστιν οὖν ἀναγκαῖον καὶ τὸν ἀέρα ζῴων πληροῦσθαι· ταῦτα δ' ἡμῖν ἐστιν ἀόρατα. — Ce sont des âmes (les démons ou les anges), qui volent dans les airs... Il est nécessaire, en effet, que le monde entier soit animé, et que chacun de ses éléments, chacune de ses parties soit habitée

p) *Enn.*, II, 9, 8 (I, 194[31]) : Ἡ μὲν δὴ πᾶσα ζῴων ποικίλων πλήρης καὶ ἀθανάτων καὶ μέχρις οὐρανοῦ μεστὰ πάντα· ἄστρα δὲ τά τε ἐν ταῖς ὑποκάτω σφαίραις τά τε ἐν τῷ ἀνωτάτω διὰ τί οὐ θεοὶ ἐν τάξει φερόμενα, καὶ κόσμῳ περιόντα; διὰ τί γὰρ οὐκ ἀρετὴν ἕξουσιν...; διὰ τί δὲ οὐ συνιᾶσι... — La terre tout entière est pleine d'êtres vivants, variés et immortels. Jusqu'au ciel, tout en est plein. Pourquoi les astres, qui sont dans les sphères inférieures et dans les sphères supérieures, ne seraient-ils pas des dieux, puisqu'un mouvement régulier les porte autour du monde? Pourquoi n'auraient-ils pas la vertu?... pourquoi ne comprendraient-ils pas?

par un être vivant, qui l'anime et qu'elle enveloppe. Ainsi la terre est habitée par les animaux, la mer et les fleuves par les (êtres qui séjournent) dans les eaux, le feu par les salamandres..., le ciel par les astres. Ceux-ci, en effet, sont des âmes entièrement pures et divines, dont le mouvement circulaire est le plus voisin du mouvement de l'Intelligence : chacun d'eux, en effet, est un esprit très pur. L'air aussi doit donc être rempli d'êtres vivants : mais ceux-ci nous sont invisibles.

Plotin paraît bien se souvenir de Philon en cet endroit. — On lit à la fin de *e*) ζώων πεπληρῶσθαι et au début de *i'*) ζώων... πλήρης : en *e*) γῆς μὲν... θαλάττης... οὐρανοῦ, et en *i*) Γῆ μὲν δὴ ...μέχρις οὐρανοῦ : en *e*) καὶ θεῖαι, παρὸ καὶ κύκλῳ κινοῦνται et en *i'*) διὰ τί οὐ θεοὶ ἐν τάξει φερόμενα. — Le mouvement de la pensée est aussi identique. On peut remarquer, en particulier, les lignes consacrées à la divinité des astres : « Ceux-ci, en effet, sont des âmes entièrement pures et divines, dont le *mouvement circulaire* est le plus voisin du mouvement de *l'Intelligence* : chacun d'eux est un esprit *très pur*. Pourquoi les astres... ne seraient-ils pas des dieux, puisqu'un *mouvement régulier* les porte autour du monde? Pourquoi n'auraient-ils pas la *vertu*?... pourquoi ne *comprendraient*-ils pas? »

Les Stoïciens, comme nous l'avons dit (cf. *suprà*, p. 38) avaient déjà regardé les *raisons séminales* comme des Puissances vivantes et intermédiaires entre Dieu et le monde. D'autre part, l'ancienne philosophie, Platon, Aristote avaient parlé des astres et de leur existence immuable, immortelle, divine (Anaximandre chez Cicér., *Nat. deor.*, I, 25 ; Aristote, *De cœl.*, II, 5-6, *Meteor.*, I, 3). Mais Philon reprend ces idées pour son propre compte et les rattache à l'ensemble de sa doctrine sur les Puissances intermédiaires. « Il est nécessaire en effet que le monde entier soit animé, et que chacun de ses éléments, chacune de ses parties soit habitée par un être vivant qui l'anime et qu'elle enveloppe » (*i*).

∴

j) *De Cherub.*, 28 (C., I, 193[23]) : Ὁ γὰρ τοῦ ὄντος ὀφθαλμὸς φωτὸς ἑτέρου πρὸς κατάληψιν οὐ δεῖται. — L'œil de Celui qui est n'a pas besoin pour se comprendre, d'une lumière étrangère.

q) *Enn.*, VI, 7, 41 (II, 475[20]) : Ὁ δ' ὀφθαλμὸς τί ἂν δέοιτο τὸ ὂν ὁρᾶν φῶς αὐτὸς ὤν. — Quel besoin l'œil aurait-il de voir l'être, s'il était lui-même la lumière ?

Les similitudes de langage entre ces deux textes sont manifestes : « Ὁ γὰρ ὀφθαλμὸς... οὐ δεῖται (*j*). — Ὁ δ' ὀφθαλμὸς τί ἂν δέοιτο... (*q*). »

L'idée est aussi la même. Mais Philon l'exprime clairement. « Dieu se comprend, non par une pensée discursive, mais dans une intuition simple. » Le texte de Plotin est plus obscur. Il est bon, d'abord, de sous-entendre entre τὸ ὂν et ὁρᾶν les mots ὡς φῶς et de lire par conséquent : « Quel besoin l'œil aurait-il de voir l'être (comme lumière, sc., pour s'éclairer) s'il était lui-même la lumière ? » C'est ce que Marsile Ficin fait déjà dans sa paraphrase : « Oculus autem ipse si lumen ipsum foret, nequaquam indigeret ens *velut lumen* aspicere[1]. » On doit ensuite replacer le passage dans

1. Plotin, *Enn.*, VI, 7, 41 (Édit. Didot, 1896, p. 507)

son contexte. Une idée en tout semblable à celle de Philon apparaît alors. Plotin veut démontrer que l'Un étant parfait ne pense pas, du moins au sens ordinaire du mot : « *μειζόνως ἐστὶν ἢ κατὰ γνῶσιν καὶ νόησιν καὶ συναίσθησιν αὑτοῦ* » (VI, 7, 41 ; Volkm., II, 176). Le philosophe débute donc ainsi : « Il semble bien que la pensée ait été donnée comme un secours (*βοήθεια*) aux natures supérieures encore, mais cependant moindres (*θειοτέραις μέν, ἐλάττοσι δέ*), à peu près comme l'œil à celles qui seraient par elles-mêmes aveugles. *Précisément quel besoin l'œil aurait-il de voir l'être* (pour s'éclairer lui-même), *s'il était lumière ?* Ce qui a besoin de l'œil parce que les ténèbres sont en lui-même, cherche la lumière. Si donc l'intelligence cherche la lumière, la lumière ne cherche pas la lumière (*τὸ δὲ φῶς φῶς οὐ ζητεῖ*). Cette lumière donc (sc., le Principe premier) (*ἐκείνη ἡ αὐγή*) ne cherchant pas la lumière ne cherche pas à penser, etc. » (VI, 7, 41 ; Volkm., II, 175).

Ces comparaisons empruntées à la lumière abondent chez Plotin. Nous venons même de le voir désigner le Principe premier simplement par le terme *αὐγή*. Mais le philosophe aime particulièrement à rapprocher l'activité productrice de ce Principe ou des principes inférieurs et la puissance éclairante du soleil, inépuisable et illimitée, quoique toujours plus faible à mesure qu'elle s'éloigne de sa source. (L'Un) rayonne, mais sans bouger (*αὐτοῦ μένοντος*) ; telle la splendeur, qui environne le soleil et qui émane perpétuellement de lui, sans qu'il sorte de son repos (*οἷον ἡλίου τὸ περὶ αὐτὸν λαμπρὸν φῶς*, κ. τ. λ.) (V, 1, 6 ; Volkm., II, 168). La lumière éclaire toutes choses d'un seul coup, et cependant suivant le rang qu'elles occupent, les premières d'abord, puis les secondes et les troisièmes » (IV, 3, 10 ; Volkm.,

II, 22[1] ; cf. encore II, 9, 3 ; VOLKM., I, 187[3]). — Des comparaisons du même genre sont également fréquentes chez Philon. On doit citer en particulier le passage où le philosophe explique la communication du divin par analogie avec la lumière d'un flambeau. « Quand l'*Exode* dit que Dieu, après avoir communiqué son esprit à Moïse, en reprit pour en donner à soixante-dix vieillards, gardons-nous de croire que *reprendre* signifie ici *retrancher* et *séparer* : c'est ainsi que le feu qui a allumé des milliers de flambeaux demeure sans être diminué en quoi que ce soit et tel qu'il était (ἀλλ' οἷα γένοιτ' ἂν ἀπὸ πυρός, ὃ κἂν μυρίας δᾷδας ἐξάψῃ, μένει, κ. τ. λ.) *De Gigant.*, 6. Numénius reprendra précisément la même idée et la même image dans un passage célèbre : « Telle est la vraie richesse... : elle est utile à qui la reçoit et elle n'abandonne pas qui l'a donnée. Ainsi l'on voit un flambeau allumé à un autre flambeau posséder une lumière que celui-ci n'a pas perdue (οἷον ἂν ἴδοις ἐξαφθέντα ἀφ' ἑτέρου λύχνου λύχνον φῶς ἔχοντα, ὃ μὴ τὸν πρότερον ἀφείλετο) » (Ap. EUSEB., *Prep. ev.*, XI, 18, 16). Cf. encore *De Cherub.*, 28 I, 193[2]).

Ces comparaisons ne se rencontrent pas dans la philosophie grecque avant Philon, ou elles y ont un tout autre caractère. Dans les pages de la *République*, par exemple, où il est question de la caverne, du feu, du soleil intelligible et matériel, les images sont nettes, polies, brillantes plutôt que chaudes. Au contraire, la vision d'un Philon et d'un Plotin est souvent trouble, mais elle est toujours puissante. Tout à l'heure le tour d'esprit était grec ; il est ici oriental. Jamais surtout Platon, Aristote, les Stoïciens ne s'étaient représenté le rapport du sensible avec l'intelligible autrement que comme une *participation* ou un *mélange* : Dieu, au contraire, prend le pas sur la nature chez Philon et ses successeurs, et il la produit par effusion, écoulement, surabondance, etc. C'est une remarque que nous avons déjà faite souvent. Philon doit donc à l'imagination ou aux croyances de l'Orient les comparaisons dont nous nous occupons en ce moment. Quant à Plotin, il a pu d'abord les emprunter à Numénius et à Plutarque, chez qui l'on en rencontre beaucoup de la même sorte. L'Égypte où il naquit, Alexandrie qu'il habita, l'Asie dont il visita une partie durent également le former en ce sens. Mais Philon le Juif demeure peut-être la source la plus naturelle et la plus abondante où il puisa ces manières de penser et de parler. Le texte *q'* serait donc bien une réminiscence de *j*.

∴

k) Leg. alleg., I, 13 (C., I, 68) : Καὶ ἐνεφύσησεν (ὁ θεὸς) εἰς τὸ πρόσωπον αὐτοῦ (τοῦ ἀνθρώπου) πνοὴν ζωῆς. — Et il (Dieu) souffla sur son visage (de l'homme) un souffle de vie.	*l) Enn.*, V, 1, 2 (II, 164) : ἐποίησε πάντα (ἡ ψυχὴ) ἐμπνεύσασα αὐτοῖς ζωήν... — (L'Ame) a fait toutes choses, en leur soufflant la vie.

Philon emprunte son texte à la *Genèse* : « L'Éternel ... souffla dans ses narines (sc., de l'homme) un souffle de vie... » (II, 7). Plotin paraît reprendre le sien à Philon : *πνοὴν ζωῆς* — *ἐμπνεύσασα... ζωήν*. Peut être, d'ailleurs, le philosophe alexandrin connaissait-il la *Genèse*. On lisait et on commentait autour de lui l'Ancien Testament. Origène loue Numénius de l'habileté que celui-ci avait déployée en interprétant Moïse et les prophètes (*Contr. Cels.*, IV, 5, ap. RITT.-PRELL., *Hist.*

philos., 624 a). Cependant une réminiscence de Philon chez Plotin paraît plus vraisemblable.

Le langage poétique de la *Genèse* allait bien avec la doctrine générale de Philon, parce que cette doctrine s'accommode de tout. Le même langage traduit mal la pensée de Plotin. Dans les *Ennéades*, en effet, l'Ame ne « souffle » pas la vie : elle la distribue en se *répandant naturellement*, comme le feu brûle et comme la neige refroidit (cf. *suprà*, p. 56). Mais le texte que nous relevons montre incidemment combien la doctrine des *Ennéades* est incohérente dans le détail.

CHAPITRE III

L'EXTASE

L'âme en extase cesse d'être elle-même et devient Dieu, ineffable, inconnaissable, infinie comme lui. C'est, pour elle, le comble de l'être et de la félicité.

a) Leg. alleg., II, 9 (C., I, 96) : ἡ γὰρ ἔκστασις καὶ τροπὴ τοῦ νοῦ ὕπνος ἐστὶν αὐτοῦ· ἐξίσταται δέ, ὅταν μὴ πραγματεύηται τὰ ἐπιβάλλοντα αὐτῷ νοητά· ὅτε δὲ οὐκ ἐνεργεῖ ταῦτα, κοιμᾶται. Εὖ δὲ τὸ φάναι, ὅτι ἐξίσταται, τοῦτο δ' ἐστὶ τρέπεται, οὐ παρ' ἑαυτόν, ἀλλὰ παρὰ τὸν ἐπιβάλλοντα καὶ ἐπιφέροντα καὶ ἐπιπέμποντα τὴν τροπὴν θεόν. — L'extase et la conversion, c'est le sommeil de l'esprit. Celui-ci est en extase, lorsqu'il n'élabore plus les matériaux fournis à sa pensée ; or, dans cet état, il se repose. Il est juste de dire, qu'il est alors en extase, c'est-à-dire qu'il est converti, non vers lui-même mais vers celui qui envoie, apporte et adresse cette conversion, vers Dieu.

b) Fr. M. II, 667 (S., VI, [illegible]) : Η γὰρ ὕπνος. Ὁ σοφὸς κατὰ τὸν προ- [illegible] κατὰ [illegible]

a) Enn., VI, 9, 10 (II, 522) : ὅτε τὸ ἑωρακὸς ἀργεῖ τὴν θέαν οὐκ ἀργοῦν τὴν ἐπιστήμην τὴν ἐν ἀποδείξεσι καὶ πίστεσι καὶ τῷ τῆς ψυχῆς διαλογισμῷ. — En sorte que la vision de Dieu se perd, quand ne se perd point la science des démonstrations, des conjectures, et des raisonnements.

b) Enn., VI, 9, 7 (II, 518) : ἀνείδεον τὴν ψυχὴν γίνεσθαι, εἰ μέλλει μηδὲν ἐμπόδιον ἐγκαθήμενον ἔσεσθαι πρὸς πλήρωσιν καὶ ἔλλαμψιν αὐτῇ τῆς φύσεως τῆς πρώτης. — Que l'âme devienne sans forme, si elle veut que rien ne s'oppose à l'envahissement et à l'illumination en elle de la nature première.

c) Enn., VI, 7, 35 (II, 469) : Ἡ δὲ ψυχὴ οἷον συγχέασα καὶ ἀφανίσασα μένοντα τὸν ἐν αὐτῇ νοῦν [illegible] L'âme (ne voit Dieu)

νίαν, ἀλλὰ κατὰ τὴν τῶν αἰσθήσεων ὕφεσιν καὶ τὴν ἀναχώρησιν τοῦ λογισμοῦ. Τότε γὰρ αἱ μὲν αἰσθήσεις ἐξίστανται τῶν αἰσθητῶν, ὁ δὲ οὐκέτι νευροσπαστῶν, οὐδὲ παρέχων κίνησιν αὐταῖς ἠρεμεῖ, αἱ δὲ τὰς ἐνεργείας ἀπεστερημέναι τοῦ διεζεῦχθαι τῶν αἰσθήσεων ἀκίνητοι καὶ ἀργαὶ ὑπεκλέλυνται. — *Du sommeil.* Le sommeil, suivant le prophète, est une extase, causée non par la folie, mais par le relâchement des sens et la retraite du raisonnement. Alors, en effet, les sens se détachent des objets sensibles, et l'esprit, qui n'agite plus les nerfs et ne met plus les sens en mouvement, se repose.

e) Quis rer. div. her., 14 (C., III, 16[15]): Πόθος οὖν εἴ τις εἰσέρχεταί σε, ψυχή, τῶν θείων ἀγαθῶν κληρονομῆσαι, μὴ μόνον « γῆν », τὸ σῶμα, καὶ « συγγένειαν », αἴσθησιν, καὶ « οἶκον πατρός », τὸν λόγον, καταλίπῃς, ἀλλὰ καὶ σαυτὴν ἀπόδραθι καὶ ἔκστηθι σεαυτῆς, ὥσπερ οἱ κατεχόμενοι καὶ κορυβαντιῶντες βακχευθεῖσα καὶ θεοφορηθεῖσα κατά τινα προφητικὸν ἐπιθειασμόν· ἐνθουσιώσης γὰρ καὶ οὐκέτ' οὔσης ἐν ἑαυτῇ διανοίας ἀλλ' ἔρωτι οὐρανίῳ σεσοβημένης καὶ μεμηνυίας καὶ ὑπὸ τοῦ ὄντως ὄντος ἠγμένης καὶ ἄνω πρὸς αὐτὸ ἀνελκυσμένης, προϊούσης ἀληθείας καὶ τὰ ἐν ποσὶν ἀναστελλούσης, ἵνα κατὰ λεωφόρου βαίνῃς τῆς ὁδοῦ, κλῆρος οὗτος. — Si donc quelque désir entre en toi, ô âme, d'hériter des biens divins, quitte non seulement la « terre » ou le corps, son « parent » ou le sens, et la « maison paternelle » ou la raison, mais fuis toi-même et sors de toi-même, comme les Corybantes

qu'en confondant (avec lui), en faisant évanouir l'intelligence qui réside en elle.

d) Enn., VI, 9, 11 (II, 524[1]): τὸ δὲ ἴσως ἦν οὐ θέαμα, ἀλλὰ ἄλλος τρόπος τοῦ ἰδεῖν, ἔκστασις, καὶ ἅπλωσις, καὶ ἐπίδοσις αὐτοῦ καὶ ἔφεσις πρὸς ἁφήν, καὶ στάσις καὶ περινόησις πρὸς ἐφαρμογήν, εἴπερ, τις τὸ ἐν τῷ ἀδύτῳ θεάσεται. — Cette (contemplation) n'est peut-être pas un spectacle, mais une autre façon de voir, une extase, une simplification, un abandon de soi, un désir de contact, une quiétude, un souhait de se confondre avec ce que l'on contemple dans le sanctuaire.

e) Enn., VI, 9, 9 (II, 521[1]): ἐν ἡσύχῳ τῇ πρὸς ἐκεῖνο ἐπαφῇ. — (L'âme) touchant celui-ci (le principe premier) par un tact plein de quiétude.

f) Enn., VI, 7, 33 (II, 469[1]): Ἐλθὸν δὲ τὸ ἀγαθὸν ἐπ' αὐτοὺς καὶ συναρμοσθὲν τῇ ἀμφοτέρων συστάσει ἐπιδραμὸν καὶ ἑνῶσαν τὰ δύο ἔπεστιν αὐτοῖς μακαρίαν διδοὺς αἴσθησιν καὶ θέαν... — Le Bien s'étendant sur elles (l'intelligence et l'âme), s'y adapte et se répand sur elles ; il les unit toutes deux, il les domine, il leur donne le sentiment et la vision heureuse de lui-même.

g) Enn., VI, 7, 34 (II, 466 [illegible]): Ὅταν [illegible] πρὸς αὐτὴν [illegible] — Quand le Dieu vient à elle (l'âme),

et les possédés ; sois transportée et divinement agitée comme dans l'inspiration prophétique. Quand la pensée, en effet, est saisie par l'enthousiasme et ne demeure plus en elle-même, mais qu'elle est secouée et affolée par l'amour céleste, conduite par Celui qui est véritablement et attirée en haut, la vérité la pousse, l'éloigne des choses qui sont à ses pieds, et la place sur la route royale, voilà l'héritier [des biens divins].

d) Ibid., 51 (C., III, 59[1]) : ἔκστασιν τὴν ἡσυχίαν καὶ ἠρεμίαν τοῦ νοῦ παραλαμβάνον. — L'extase, qui apporte à l'esprit le repos et la paix.

e) Quaest. et solut. in Gen., III, 9 (S., VII, 19) : Divinus quidam excessus tranquillus *factus est repente* virtute praedito ; nam ecstasis . . . nihil est aliud, quam abscessus mentis extra se exeuntis. Prophetica vero gens amat id pati ; quum enim divinat et divinis imbuitur intellectus, *non ultra in se existit, quoniam divinum spiritum intus recipiens cohabitare facit* ; immo potius ut ipse dixit, *cadit super eum* (spiritus), quoniam non lente supervenit, sed repente irruit. Caeterum bene se habet et quod adjecit, quod *horror magnus tenebrosus irruit ei* : haec enim omnia ecstases sunt mentis. — Une extase, divine, pleine de paix, se produit soudain chez l'homme vertueux. L'extase, en effet, n'est rien autre chose que la retraite de l'esprit sortant de lui-même. Les prophètes aiment

ou plutôt qu'il est présent et qu'il paraît, — elle le voit en elle, soudainement apparu.

k) Enn. Ibid., (II, 467[7]) : οὔτε σώματος ὅτι αἰσθάνεται, ὅτι ἐστὶν ἐν αὐτῷ, οὔτε ἑαυτὴν ἄλλο τι λέγει, οὐκ ἄνθρωπον, οὐ ζῷον, οὐκ ὄν, οὐδὲ πᾶν. — Elle (l'âme) ne sait plus qu'elle a un corps, ni qu'elle est en lui, ni ce qu'elle pense, ni qu'elle est homme, animal, être, ni quoi que ce soit.

l) Enn., VI, 9, 11 (II, 523[20]) : οὐ γάρ τι ἐκινεῖτο παρ' αὐτῷ, οὐ θυμός, οὐκ ἐπιθυμία ἄλλου παρῆν αὐτῷ ἀναβεβηκότι, ἀλλ' οὐδὲ λόγος οὐδέ τις νόησις οὐδ' ὅλως αὐτός, εἰ δεῖ καὶ τοῦτο λέγειν· ἀλλ' ὥσπερ ἁρπασθεὶς ἢ ἐνθουσιάσας ἡσυχῇ ἐν ἐρήμῳ καταστάσει γεγένηται ἀτρεμεῖ τῇ αὐτοῦ οὐσίᾳ οὐδαμοῦ ἀποκλίνων οὐδὲ περὶ αὐτὸν στρεφόμενος, ἑστὼς πάντῃ καὶ οἷον στάσις γενόμενος. — Rien, en effet, ne se mouvait plus en lui, tandis qu'il s'était élevé au-dessus des choses, ni la colère, ni le désir de quoi que ce soit, ni la raison, ni lui-même, s'il faut dire ; mais ravi et enthousiasmé, tranquille et solitaire, il était impassible ; renfermé dans sa propre essence, il n'inclinait d'aucun côté et il ne se tournait même pas vers lui-même ; il était dans une stabilité parfaite, et la stabilité même.

j) Enn., VI, 9, 10 (II, 522) : ἀλλ' οἷον ἄλλος γενόμενος καὶ οὐκ αὐτὸς οὐδ' αὐτοῦ συντελεῖ ἐκεῖ, κἀκείνου γενόμενος ἕν ἐστιν...

cet état. Pendant la divination, en effet, lorsque la divinité emplit l'intelligence, celle-ci cesse d'exister en elle-même. L'esprit divin, qu'elle reçoit en elle, la fait cohabiter avec lui. Bien plus. Comme (le prophète) le dit, cet esprit *tombe sur elle*. Il ne survient point, en effet, avec lenteur ; il se précipite tout à coup. C'est d'ailleurs avec autant de raison que (le prophète) ajoute *une nuit épaisse et obscure l'enveloppa* : tout cela, en effet, est extase de l'esprit.

(1) *Leg. alleg.*, I, 26 (C., I, 82) : Ὅταν γὰρ ἐξέλθῃ ὁ νοῦς ἑαυτοῦ καὶ ἑαυτὸν ἀνενέγκῃ θεῷ, — τηνικαῦτα ὁμολογίαν τὴν πρὸς τὸν ὄντα ποιεῖται· ἕως δὲ ἑαυτὸν ὑποτίθεται ὡς αἴτιόν τινος, μακρὰν ἀφέστηκε τοῦ παραχωρεῖν θεῷ καὶ ὁμολογεῖν αὐτῷ· καὶ αὐτὸ γὰρ τοῦτο τὸ ἐξομολογεῖσθαι νοητέον ὅτι ἔργον ἐστὶν οὐχ τῆς ψυχῆς, ἀλλὰ τοῦ φαίνοντος αὐτῇ θεοῦ τὸ εὐχάριστον. — Quand l'esprit monte au-dessus de lui-même et que Dieu se soulève, — il s'unit à Celui qui est : tant qu'il agit encore, il cherche à s'approcher de Dieu et à s'unir à Lui. Cette union, en effet, ne doit pas être regardée comme l'ouvrage de l'âme, mais comme le don gratuit du Dieu qui apparaît à celle-ci.

(2) *De migr. Abr.*, 7 (C., I, 24) : [illegible]

— Mais devenu, en quelque sorte, autre, il (l'extatique) n'est plus lui et ne conserve rien de lui-même ; il devient (partie) de Dieu, et un (avec lui).

(1) *Enn.*, VI, 7, 35 (II, 468²⁰) : θεὸς — οὐ κατ' ὄψιν φανείς, ἀλλὰ τὴν ψυχὴν ἐμπλήσας τοῦ θεωμένου. — Un Dieu — n'apparaissant pas à la vue, mais remplissant l'âme de celui qui le voit.

(1) *Enn.*, VI, 7, 35 (II, 469¹) : Διὸ οὐδὲ κινεῖται ἡ ψυχὴ τότε, ὅτι μηδ' ἐκεῖνο· οὐδὲ ψυχὴ τοίνυν, ὅτι μηδὲ ζῇ ἐκεῖνο, ἀλλὰ ὑπὲρ τὸ ζῆν· οὐδὲ νοῦς, ὅτι μηδὲ νοεῖ· ὁμοιοῦσθαι γὰρ δεῖ· νοεῖ δὲ οὐκ ἐκεῖνο, ὅτι οὐδὲ νοεῖται. — C'est pourquoi l'âme ne se meut plus alors (durant l'extase), parce que celui-ci (le Principe premier) ne se meut pas non plus ; elle n'est plus âme, parce que celui-ci ne vit pas, mais est au-dessus de la vie ; elle n'est plus esprit, parce qu'elle ne pense pas non plus. Il y a, en effet, ressemblance complète entre elle et le Principe premier. Mais elle ne le pense pas, parce qu'il n'est pas pensé.

(2) *Enn.*, VI, 9, 9 (II, 472²) : θεὸν γενομένην, μᾶλλον δὲ ὄντα. — L'âme est devenue Dieu, bien plus, elle est Dieu.

δοκεῖ τὸν μέγαν βασιλέα· γλιχομένου δ' ἰδεῖν, ἀθρόου φωτὸς ἄκρατοι καὶ ἀμιγεῖς αὐγαὶ χειμάρρου τρόπον ἐκχέονται, ὡς ταῖς μαρμαρυγαῖς τὸ τῆς διανοίας ὄμμα σκοτοδινιᾶν. — (L'intelligence) méprisant les beautés sensibles, s'enivre d'une sobre ivresse. Comme les corybantes, l'enthousiasme la saisit. Autres sont les amours qui la remplissent; meilleurs, ses désirs. Ceux-ci la portent jusqu'au sommet le plus élevé des choses intelligibles. Elle se dépasse elle-même, semble-t-il, et elle atteint le grand roi. Tandis cependant qu'elle désire voir, la lumière, abondante comme un torrent, étend sur elle ses rayons, doux et purs. De cette illumination rapide, l'œil de la pensée reste en quelque sorte ébloui.

l) *Leg. alleg.*, I, 16 (C., I, 83): πιπίσκεται γὰρ ἐν εὐχαριστίᾳ θεοῦ καὶ μεθύει τὴν νήφουσαν μέθην. — (L'âme) est purifiée en rendant grâces à Dieu et s'enivre de l'ivresse sacrée.

m) Fr. M. II, 659 (S., VI, 260): Περὶ τοῦ ζητεῖν τὸν θεόν. — Μία ἀνάπαυσις ψυχῆς ἐστιν ἡ κρατίστη, ἐν τῷ ἱερῷ τοῦ ὄντος πόθῳ, ἡγεμόνι χρῆσθαι θεῷ καὶ [illegible] νοημάτων καὶ λόγων καὶ πράξεων. — *Sur la recherche de Dieu*. L'unique repos de l'âme, le meilleur, dans son désir sacré de l'Être, c'est de prendre Dieu pour guide de ses pensées, de ses paroles et de ses actes.

n) *Enn.*, VI, 7, 35 (II, 468[5]): Ὅταν [γὰρ] ἄφρων γένηται μεθυσθεὶς τοῦ νέκταρος, τότε ἐρῶν γίνεται... — C'est quand (l'âme) devient sans raison et enivrée par le nectar, qu'elle est éprise (du Principe premier).

o) *Enn.*, VI, 7, 34 (II, 467[14]): Εἶτα δὴ οὐδὲν πάντων ἂν τούτου ἀλλάξαιτο, οὐδ' εἴ τις αὐτῇ πάντα τὸν οὐρανὸν ἐπιτρέποι, ὡς οὐκ ὄντος ἄλλου ἔτι ἀμείνονος οὐδὲ μᾶλλον ἀγαθοῦ. — Alors (pendant l'extase) (l'âme) ne changerait (son état) contre quoi que ce soit, lui offrît-on le ciel entier, parce que rien n'est supérieur et meilleur.

p) [illegible] II, 2[illegible] [illegible]

q) [illegible] (II, 46[illegible]) [illegible]

στῆναι. — Le terme du bonheur est de se tenir fermement et sans pencher en Dieu seul.	μάλα καὶ βούλεται, ἵνα πρὸς τούτῳ ᾖ μόνον · εἰς τόσον ἥκει εὐπαθείας. — Même si toutes les autres choses périssaient autour d'elle (l'âme), elle y consentirait volontiers, afin de rester seule avec lui (le Principe premier) : tant est grande la félicité à laquelle elle est parvenue.

La doctrine de l'Extase était aussi bien que celle des Puissances une conséquence nécessaire de l'Infinité divine. Un Dieu infini pénètre et déborde la nature. Il est au fond de nous et hors de nous. Le moyen unique de le connaître véritablement est donc de le saisir d'abord en soi par la réflexion, puis de franchir en quelque sorte les limites de l'individualité pour s'unir intimement avec lui. La dernière de ces démarches est l'extase. Nous devons à propos de celle-ci comme à propos de la notion de l'Infinité nous poser trois questions. 1° Philon est-il le premier philosophe qui ait introduit dans la spéculation la doctrine de l'extase? 2° Si oui, Plotin la lui a-t-il empruntée? 3° Si oui encore, Plotin la modifie-t-il et en quel sens? Toutefois les considérations, à l'aide desquelles nous avons résolu les questions relatives à l'Infinité divine, nous permettront de trancher plus rapidement les mêmes questions relatives à l'Extase.

1° La philosophie grecque avant Philon n'a pas connu la doctrine de l'Extase plus que celle de l'Infinité divine. On rappellera, il est vrai, les quatre degrés de la connaissance platonicienne εἰκασία, πίστις, διάνοια, νόησις[1]. Or la νόησις suppose la *réminiscence*, et celle-ci

1. *Rép.*, VII, 14.

suppose à son tour une habitation de l'âme au sein du monde intelligible, ou plutôt une *vue* de celui-ci par celui-là. Le *Phèdre* précisément décrit cette vue, cette habitation, cette réminiscence. « L'homme doit comprendre le général, en allant de la multiplicité des sensations à l'unité rationnelle du concept. Or c'est là se ressouvenir de ce que notre âme a vu (εἶδεν), lorsque accompagnant Dieu, elle méprisait ce que nous appelons maintenant l'être, et levait ses regards vers l'être véritable (ἀνακύψασα εἰς τὸ ὂν ὄντως)[1]. » Mais si la connaissance suppose toujours en définitive une certaine identité entre le sujet et l'objet, l'âme, chez Platon, n'en demeure pas moins déterminée en soi et distincte de l'objet intelligible, quand elle pense celui-ci. Ce point de vue est véritablement celui de Platon ; il est demeuré celui de l'esprit grec jusqu'aux Stoïciens inclusivement. — Aristote, précisément, reconnaît aussi que les principes premiers nous sont donnés par l'intuition et par elle seule : « Le principe de la démonstration n'est pas la démonstration, en sorte que celui de la science n'est pas non plus la science... L'intelligence serait donc le principe de la science[2]. » Or l'intellect actif dont cette connaissance intuitive dépend, est complètement dégagé de la matière. « Il survient par la porte[3]. » Il est aussi « essentiellement en acte[4] », éternel[5], unique[6], toujours actif[7] et se saisissant

1. *Phaedr.*, 249 BC.
2. *Post. analyt.*, B, 19, 100b, [illegible].
3. *Gen. an.*, B, 3, 736b, 28.
4. *De an.*, III, 5, 430a, 18.
5. *Ibid.*, III, 5, 430a, [illegible].
6. *Met.*, Λ, 8, 1074a, 33.
7. *De an.*, III, 5, 430a, [illegible].

éternellement dans une intuition immuable[1]. En un mot, l'intellect actif qui est le principe dernier de la connaissance, possède tous les caractères de Dieu même et semble se confondre avec lui. Mais d'abord l'âme demeurerait en ce cas déterminée comme l'Acte pur, avec lequel l'intellect serait identique et auquel elle s'unirait. Ensuite il est faux que, *pour Aristote* du moins, l'intellect actif soit identique à Dieu. Alexandre d'Aphrodise le soutiendra. « Mais Aristote ne va pas si loin... S'il dit à diverses reprises que ce principe est « divin », ... ces expressions signifient seulement ... que l'intellect actif est l'une des formes les plus approchantes de la pensée souveraine... Bien plus, Aristote déclare ... que l'intellect actif est « une partie de l'âme », ... c'est là un rôle, qu'il parait difficile d'attribuer à la divinité elle-même[2]. » — Les Stoïciens, enfin, admettaient une *inspiration* immédiate de la Divinité : « L'âme est alors tirée (tractos) et comme pompée (haustos) du dehors. Au dehors, en effet, existe l'âme divine, d'où l'âme humaine sort... La partie de l'âme qui participe de la raison et de l'intelligence vit alors d'autant plus qu'elle est plus loin du corps[3]. » Mais l'âme divine est d'abord un principe déterminé, ainsi que nous l'avons établi plus haut. Ensuite, quand l'âme humaine s'est unie à elle, toutes deux forment un composé défini comme l'âme divine elle-même. L'infini n'a pas de place officielle dans le stoïcisme *grec* (cf. *suprà*). Par l'Extase, au contraire, l'âme devient, chez Philon, infinie ainsi que le Dieu auquel elle s'unit : « Quand l'esprit monte au-dessus de lui-même et que

1. [illegible]
2. [illegible]
3. [illegible] M [illegible] IV [illegible]

Dieu le soulève, il s'unit à Celui qui est (*f*). » Mais Celui qui est, est « sans qualités (cf. ch. I, *Ca*) ». Si donc l'on voulait trouver dans la philosophie grecque quelque chose d'analogue à l'extase, c'est du côté de la *vertu* stoïcienne qu'il faudrait chercher. « L'âme, avons-nous déjà remarqué (cf. *suprà*, p. 12), tendue en elle-même, devient *supérieure* à tout. » Mais les remarques que nous avons faites alors reprennent ici leur force. En réalité, les Stoïciens grecs ne séparaient pas plus la volonté de l'ordre naturel qu'ils n'isolaient Dieu et le monde. Sans doute les καθήκοντα venaient après les κατορθώματα : mais les uns restaient l'indispensable matière des autres. Si Ariston de Chio soutiendra un jour le contraire, il entraînera le stoïcisme dans des voies demeurées inconnues à ceux qui avaient fondé et défendu la doctrine.

2°. *Plotin a-t-il repris à Philon la doctrine de l'Extase ?* — Il le semble bien encore.

Relevons d'abord quelques similitudes de langage. Nous lisons en *a*) ἔκστασις et en *d'*) ἔκστασις ; en *a*) ὅτε δὲ οὐκ ἐνεργεῖ ταῦτα (sc., τὰ νοητά) et en *a'*) οὐκ ἀγνοῶν τὴν ἐπιστήμην ; en *c*) ἐνθουσιῶσα (cf. *g*) ἐνθουσιᾷ) et en *i'*) ἐνθουσιάσας ; en *d*) τὴν ἡσυχίαν καὶ ἠρεμίαν et en *i'*) ἡσυχῇ ἐν ἐρήμῳ ; en *e*) factus est repente, et en *g'*) ἐξαίφνης φανέντα ; en *e*) non ultra in se existit, et en *j'*) καὶ οὐκ αὐτὸς οὐδ' αὐτοῦ φροντίζει ; en *f'*) τοῦ φάσκοντος αὐτῷ θεοῦ et en *g'*) παρὰ σοφοῦ... ἐξαίφνης φανέντα ; en *h*) μέθυει τὴν νήφουσαν μέθην (cf. *g*) μέθη) et en *n'*) μεθυσθεὶς τοῦ νέκταρος.

La similitude des idées est beaucoup plus remarquable encore. Toutes les parties importantes de la doctrine sont, en effet, communes aux deux textes. — L'extase suppose d'abord le repos de l'activité scientifique.

Celle-ci, en effet, est encore discursive, multiple, voisine des choses : *a*) ὅταν μὴ πραγματεύηται τὰ ἐπιβάλλοντα αὐτῷ νοητά [Cf. *b*) et *e*)] — *a'*) οὐκ ἀφιοῦν τὴν ἐπιστήμην. — L'âme sort d'elle-même : *a*) τρέπεται, οὐ παρ' ἑαυτόν... — *d'*) ἐπίδοσις αὐτοῦ. *h'*) οὔτε... ἐστιν ἐν αὐτῷ [Cf. *j'*)]. — L'extase est une simplification de l'âme : *a*) οὐκ ἐνεργεῖ, etc. — *b'*) ἀνείδεον... γένεσθαι, etc., *d'*) ἅπλωσις. — C'est un repos : *a*) κοιμᾶται, *b*) ὑπεκλέλοιπε, *d*) tout entier — *d'*) στάσις [Cf. *e'*) et *i'*)]. — Ce repos est une forme supérieure d'activité : *g*) μέθη [Cf. *h*)] et *n'*) μεθυσθείς — *e*) ἐνθουσιώσης et *i'*) ἐνθουσιάσας — *f'*) ὁμολογίαν τὴν πρὸς τὸν ὄντα et *d'*) ἔφεσις πρὸς ἁφήν — *e*) σεσοβημένης καὶ ἐκμεμηνυίας — *i'*) ἁρπασθείς. — Cette activité est le résultat de l'union avec Dieu : *f*) ὁμολογίαν τὴν πρὸς τὸν ὄντα et *g*) ἐπ' αὐτὸν ἰέναι δοκεῖ τὸν μέγαν βασιλέα — *m'*) θεὸν γενόμενον, μᾶλλον δὲ ὄντα. [Cf. *l*) et *j'*)] ἐρασθῆναι γὰρ δεῖ et κἀκεῖνο (sc. θεοῦ) γενόμενος ἕν ἐστιν. — L'âme touche alors au comble de la félicité : *j*) Πέρας εὐδαιμονίας τὸ ἀκλινῶς... θεῷ στῆναι [Cf. *d*), *h*), *i*)] — *o'*) Ἔνθα δὴ οὐδὲν πάντων ἂν τούτου ἀλλάξαιτο, οὐδ' εἴ τις αὐτῷ πάντα, etc. [Cf. *j'*)]. — L'âme ne peut atteindre Dieu par ses seules forces. C'est Dieu qui vient vers elle et la soulève jusqu'à Lui. La purification prépare et mérite l'extase, mais celle-ci est un don gratuit, une *grâce* comme dira la théologie chrétienne : *e*) ἔρωτι οὐρανίῳ σεσοβημένη... καὶ ὑπὸ τοῦ ὄντος ὄντως ἑλκομένη, etc. : *e*) divinum spiritum intus recipiens (sc. anima) cohabitare facit : *f*) καὶ αὐτὸ γὰρ τοῦτο [illegible] ἀλλὰ τοῦ χαρίσαντος αὐτῷ θεοῦ τὸ εὐχάριστον. — *f'*) Ἐλπίσαι δὲ [illegible] ἐπ' αὐτὸν [illegible], etc. : *g'*) Ὅταν... καὶ (ὁ θεὸς) πρὸς αὐτόν, μᾶλλον δὲ παρὼν φανῇ.

Plotin a donc, semble-t-il, repris à Philon la doctrine de l'Extase. Cette doctrine, toutefois, avait aussi reçu d'importants développements chez Plutarque et chez Numénius. On peut donc se demander encore, si Plotin ne l'a pas reprise à quelqu'un de ces philosophes.

Plutarque mêlant la religion et la philosophie écrit : « Nous ne prétendons dépouiller la science prophétique (τὴν μαντικὴν) ni de son caractère divin ni de sa raison. Si nous donnons pour matière et sujet à cette science l'esprit humain, nous lui donnons pour instrument et, en quelque sorte, pour archet (οἷον ὄργανον ἢ πλῆκτρον) le souffle de l'*enthousiasme* et l'exhalaison (τὸ δ' ἐνθουσιαστικὸν πνεῦμα καὶ τὴν ἀναθυμίασιν)[1]. » Dieu, en effet, peut communiquer *directement* avec l'âme, non seulement pendant le rêve, mais aussi pendant la veille : « Quand l'intelligence supérieure (ὁ τοῦ κρείττονος νοῦς) s'adresse à une âme excellente, elle se met... en communication directe (ἐπιθιγγάνων) avec le principe pensant. — On se figure ordinairement que Dieu se communique aux hommes pendant le sommeil seulement. S'il existe des mortels sur lesquels il agisse aussi, même quand ils sont éveillés et quand ils jouissent pleinement de leur raison (καθεστῶτας ἐν τῷ φρονεῖν), le vulgaire regarde ces communications comme prodigieuses et invraisemblables[2]. » L'âme alors est *mue par la Divinité* même : « Voyez les corps qui tournent en tombant... La violence qui leur est imprimée, détermine un mouvement circulaire, tandis que leur pesanteur naturelle les porte en bas... Pareillement ce qu'on nomme *enthousiasme* (ἐνθουσιασμὸς) semble être un mélange de deux mouvements dont l'âme est

1. *De* [illegible] 48 (B. III, 158; W., 436 F).
2. [illegible] (B. III, [illegible]; W., 565, 586 D).

saisie, l'un tenant de l'inspiration (ὡς πέπονθε τῆς ψυχῆς), l'autre étant naturel[1]. » Ce mouvement ne suppose pas nécessairement du trouble et de l'égarement ; l'âme au contraire, n'est jamais aussi clairvoyante et tranquille : « Dieu agit ainsi (sur les mortels, quand ils jouissent pleinement de leur raison)[2]. — L'âme obéit à cette influence, par laquelle ses élans sont abandonnés à eux-mêmes ou comprimés. Mais ces élans sont sans violence parce que les passions ne font pas intervenir leur lutte[3]. » Cette union, en effet, est l'union même de l'âme avec Dieu : « Quand on a franchi à l'aide de la raison le mélange confus d'opinions de toutes espèces, on s'élance jusqu'à ce premier être simple et immatériel : on touche sans intermédiaire à la vérité pure qui circule autour de cet être (θιγόντες ἁπλῶς τῆς περὶ αὐτὸ... ἀληθείας [illegible]), on est comme initié, et l'on parvient aux limites de toute philosophie[4]. — L'être intelligible, pur, simple, est perçu (νόησις) comme un éclair qui brille sur l'âme (ὥσπερ ἀστραπὴ διαλάμψασα τῆς ψυχῆς) et que celle-ci ne peut toucher et voir qu'une fois (ἅπαξ... θιγεῖν καὶ προσιδεῖν παρέσχε)[5]. » Tels sont les textes. On y retrouve plusieurs des traits que nous avons déjà relevés chez Philon et chez Plotin. Il s'agit en somme ici et là d'une connaissance de la Divinité immédiate, entière, par enthousiasme, contact et union (Philon : [illegible] τὸ ὄντως (a) ; Plotin : [illegible] (a) ; Plutarque : [illegible]. — Philon : [illegible] (q) ; Plotin : [illegible]...

1. [illegible] (B., III, 5[illegible]).
2. [illegible] (B., III, [illegible]).
3. [illegible] (B., III, [illegible]).
4. [illegible] (B., II, [illegible]).
5. [illegible] (B., II, [illegible]).

φανέντα (θεόν) (*g'*) : Plutarque : προσιδεῖν. — Philon : ἐνθουσιώσας (*c*), cohabitare (*e*)) ἐξομολογεῖσθαι (*f'*) ; Plotin : ἐνθουσιάσας (*i'*), ἔρωτος πρὸς αὐτόν (*d'*), ἡνῶσθαι (*l'*) et θεὸν γενόμενον (*m'*) : Plutarque : ἐπιθιγγάνων θιγόντες ἁπλῶς. Si toutefois l'on y regarde de plus près, on ne tarde pas à saisir entre les deux doctrines une différence importante. La doctrine de Philon et de Plotin est une doctrine de l'extase. Le nom y est écrit et répété ; la chose y est analysée. Dieu vient vers l'âme, ou plutôt il la tire à lui. Celle-ci sort d'elle-même. Les deux s'unissent, se mêlent et ne font plus qu'un. Plutarque, au contraire, ne prononce pas le nom d'extase, et la chose n'apparaît pas clairement à travers les textes. Sans doute Dieu touche l'âme : celle-ci le voit et même s'unit à lui. Mais tant s'en faut que Plutarque insiste sur cette union comme Philon et Plotin. Au fond sa doctrine est moins l'extase dont ceux-ci parlent, que l'enthousiasme sacré tel qu'il s'offrait dans les mystères et dans les oracles. Si l'on considère, enfin, que les similitudes de langage et de pensée relevées plus haut conservent toute leur force, on peut conclure que Plotin ne doit rien à Plutarque et tout à Philon concernant l'extase.

Un texte de Numénius nous intéresse davantage : « Le Bien, avait écrit le philosophe néopythagoricien, ne peut être connu ni par sa présence, ni par analogie avec les choses sensibles, mais par une prière ardente (θελήσει). Comme l'homme assis dans un observatoire atteint de ses regards perçants et d'un seul coup (μιᾷ βολῇ) une petite barque de pêcheur, nue, solitaire, ballottée par les flots (μίαν, μόνην, ἔρημον, μεταχμίοις ἐχομένην), de même celui qui s'est retiré loin des choses sensibles s'*unit* au Bien seul à seul (ὁμιλῆσαι τῷ ἀγαθῷ *μόνῳ μόνον*). *Il n'y a plus alors* ni homme, ni animal, ni corps grand ou petit (*ἔνθα μήτε τις ἄνθρωπος μήτε τι ζῷον ἕτερον, μηδὲ σῶμα μέγα μηδὲ σμικρόν*), mais une solitude *ineffable, inénarrable*, et tout à fait divine (*ἀλλά τις ἄφατος καὶ ἀδιήγητος ἀτεχνῶς ἐρημία θεσπέσιος*). Alors aussi le Bien commerce avec l'âme, il converse avec elle et lui communique ses charmes (*ἔνθα τοῦ ἀγαθοῦ ἤθη, διατριβαί τε καὶ ἀγλαΐαι*). Tranquille, paisible, heureuse, la partie supérieure et dirigeante de l'âme s'appuie sur l'essence (*αὐτὸ δὲ ἐν εἰρήνῃ, ἐν εὐμενείᾳ τὸ ἤρεμον, τὸ ἡγεμονικόν, ἵλεων ἐποχούμενον ἐπὶ τῇ οὐσίᾳ*). Mais si quelqu'un s'abandonnant aux choses sensibles s'imaginait s'envoler vers le Bien (*τὸ ἀγαθὸν ἐφιπτάμενον*) et le rencontrer au sein des délices, il se tromperait totalement. En réalité, il est difficile et divin d'aller à lui (*οὐ ῥᾳδίας, θείας... μεθόδου*) : celui qui dédaigne sans relâche les choses sensibles, qui s'applique dès sa jeunesse aux mathématiques, qui étudie les nombres, celui-là qui a de semblables soucis saura ce qu'est l'Être. (*οὕτως ἐκμελετῆσαι μάθημα τί ἐστι τὸ ὄν*)[1]. — L'union, avait écrit Jamblique, et l'identité indiscernable de l'âme avec ses principes (*ἕνωσιν... καὶ ταυτότητα ἀδιάκριτον τῆς ψυχῆς πρὸς τὰς ἑαυτῆς ἀρχάς*), voilà, semble-t-il, ce qu'enseignait Numénius[2]. » — La conclusion, qui s'impose ici, est contraire à celle que nous avons adoptée au sujet de Plutarque. On doit même aller plus loin. Les écrits de Numénius sont perdus pour la plus grande partie, ainsi que nous l'avons déjà remarqué. D'autres textes, par conséquent, pourraient s'ajouter à ceux que nous venons de citer et compléter la ressemblance qui existe

1. Ap. [illegible]
2. Ap. [illegible]

entre la doctrine de Numénius et celle de Plotin concernant l'extase. L'une, en effet, rappelle indiscutablement l'autre. Plotin, d'abord, comme Numénius, reprend à Platon (*Rep.*, 525 A et seqq.) toute son éducation philosophique, purification, culture des mathématiques et des sciences en général, etc. (Cf. Numénius, fragm. cité, *sub. fine*, et Plotin, *Enn.*, I, 6, 1-9). On doit ensuite rapprocher textuellement Numénius : « *ἔνθα μήτε τις ἄνθρωπος μήτε τι ζῷον ἕτερον, μηδὲ σῶμα μέγα μηδὲ σμικρόν* » et Plotin, *Enn.*, VI, 7, 34 (II, 467[a]) : « *οὔτε σώματος ἔτι αἰσθάνεται... οὐκ ἄνθρωπον, οὐ ζῷον.* » Enfin au point de vue de l'inspiration et du mouvement, la ressemblance entre Numénius et Plotin est plus grande encore qu'entre celui-ci et Philon. « Solitude ineffable, écrit Numénius, inénarrable, tout à fait divine, où le Bien commerce avec l'âme, converse avec elle, lui communique ses charmes, tandis qu'elle-même, au sein de la paix, de la tranquillité et du bonheur, appuie sur l'essence sa partie supérieure et dirigeante. » Nous lisons chez Plotin : « Rien ne se mouvait plus en lui... Ravi et enthousiasmé, tranquille et solitaire, il était impassible (*i'*) — Alors (l'âme) ne changerait (son état) contre quoi que ce soit, lui offrît-on le ciel entier, parce que rien n'est supérieur et meilleur (*o'*) — Même si toutes les autres choses périssaient autour d'elle (l'âme), elle y consentirait volontiers, afin de rester seule avec lui (le Principe premier), tant est grande la félicité, à laquelle elle est parvenue (*p'*) ». — « L'âme s'unit, écrit encore Numénius, elle s'identifie avec son principe d'une manière indiscernable ([illegible]... [illegible], etc.) » Plotin : « Le Bien... s'y adapte et se répand sur elles (sc. l'Intelligence et l'Ame) ; il les unit ([illegible]) toutes deux... ; il leur donne le sentiment et la vision heureuse de lui-même (*μακαρίαν διδοὺς αἴσθησιν καὶ θέαν*) (*f'*) ».

Concluons. Plotin s'inspire certainement de Numénius, lorsqu'il écrit sur l'Extase. Mais les passages de Philon, que nous avons comparés avec des passages analogues des *Ennéades*, prouvent que Plotin s'est *souvenu* aussi de ce dernier. C'est le point que nous voulions établir. Nous n'avons plus qu'à rechercher si et en quoi Plotin modifie la doctrine de son prédécesseur.

3° *Plotin a-t-il modifié la doctrine de Philon relative à l'extase?*

Comme Plotin complète la doctrine de l'infinité divine, il complète aussi la doctrine de l'extase. Mais les modifications sont moins importantes ici que là. La doctrine de l'extase, en effet, avait reçu chez Philon un développement, dont l'analyse faite plus haut aura permis d'apprécier l'importance. — Plotin toutefois est ordinairement plus précis que Philon. Celui-ci décrit, l'autre analyse. Philon dira par exemple : « L'extase... est le sommeil de l'esprit. Celui-ci est en extase lorsqu'il n'élabore plus les matériaux fournis à sa pensée : or dans cet état, il se repose. Il est juste de dire qu'il est alors en extase, c'est-à-dire qu'il est converti, non vers lui-même, mais vers celui qui envoie, apporte et adresse cette conversion, vers Dieu (*a*). » Plotin dira dans le même sens, mais avec plus de fermeté : « La vision de Dieu se perd, quand on ne perd point la science des démonstrations (*a'*)... Que l'âme devienne sans forme, si elle veut que rien ne s'oppose... à l'illumination en elle de la nature première (*b*)... Cette contemplation n'est pas un spec tacle, mais une autre façon de voir, une extase, une simplification, un abandon de soi, un désir de contact, une quiétude, etc. (*d'*). » — La permanence de l'*individualité* pendant l'extase est un point plus curieux encore à étudier chez Philon et chez Plotin. Le premier ne parle pas explicitement de cette individualité, mais il la suppose évidente. Rien qui ressemble moins à un anéantissement que l'agitation à laquelle le philosophe fait allusion. L'âme est « transportée et divinement agitée, comme dans l'inspiration prophétique » et chez les Corybantes ; elle est « saisie par l'enthousiasme », « secouée et affolée par l'amour céleste (*e*) ». Ailleurs, il est vrai, Philon écrit : « L'esprit se repose (*b*) », ou plus fortement encore : « Lorsque la divinité emplit l'intelligence, celle-ci cesse d'exister en elle-même (non ultra in se existit) (*e*). — Quand l'esprit monte au-dessus de lui-même et que Dieu le soulève, il s'unit à Celui qui est. *Tant qu'il agit encore*, il cherche à s'approcher de Dieu et à s'unir à lui. Cette union ne doit *pas* être, en effet, regardée comme *l'ouvrage de l'âme*, mais comme *le don gratuit de Dieu*... (*f*). » En somme, le philosophe fait leur part à l'action divine et à l'activité de l'âme. Si l'on aime mieux, il considère d'abord celle-ci pour envisager l'autre ensuite. Au premier moment, l'agitation ; au second, le repos. Plotin n'ajoutera rien. Mais Philon ne se préoccupe pas de concilier ces deux aspects en découvrant leur raison commune et profonde. Plotin le fait, au contraire, avec beaucoup de pénétration et de subtilité. « L'intelligence, écrit-il, possède d'une part la puissance de penser (δύναμιν εἰς τὸ νοεῖν), par laquelle elle regarde ce qui est en elle, et d'autre part la puissance par laquelle ce qui est au dessus d'elle lui apparaît d'un trait et dans une perception uniques (ἣ τὰ ἐπέκεινα αὑτοῦ ἐπιβολῇ τινι καὶ παραδοχῇ). Cette puissance lui permettait déjà auparavant de voir l'Un, et, en continuant de le voir, elle reçut l'intelligence même et devint une (πρότερον ἑώρα μόνον καὶ ὁρῶν ὕστερον καὶ νοῦν ἔσχε καὶ ἕν ἐστι). La première puissance est la vision d'un esprit en possession de soi : la seconde est l'esprit même quand il aime (ἐκείνη μὲν ἡ θέα νοῦ ἔμφρονος, αὕτη δὲ νοῦς ἐρῶν)[1]. » Plotin décrit alors l'extase, son mode, son ivresse et sa félicité dans les termes que nous avons relevés en *n'*), *f'*) et *l'*). Mais nous devons citer encore ces lignes : « L'esprit contemple-t-il donc tour à tour (παρὰ μέρος) d'abord les premières choses, et ensuite les autres (sc., ce qui est en lui, et ce qui est au-dessus de lui. Cf. text. précéd.)? Nullement. Les exigences de l'exposition rendent successive la contemplation, mais l'intelligence possède toujours (la puissance) de penser, et celle aussi de ne pas penser (ἔχει τὸ νοεῖν ἀεί, ἔχει δὲ καὶ τὸ μὴ νοεῖν) : seulement elle voit Dieu différemment (ἀλλὰ ἄλλως ἐκεῖνον βλέπειν). Quand, en effet, elle contemple celui-ci, elle entre en possession des genres (ἔσχε γεννώμενα) et elle les sent nés et subsistant en elle. C'est proprement la *pensée* (καὶ ταῦτα μὲν ὁρῶν λέγεται νοεῖν). Mais elle voit Dieu par la puissance qui la *fera plus tard* penser (ἐκεῖνον δὲ ᾗ δυνάμει ἔμελλε νοεῖν). L'âme alors mêle en quelque sorte et fait disparaître l'intelligence qui est en elle : bien plus, la partie supérieure de l'intelligence, qu'elle possède, voit, mais la vision va aussi vers elle, et les deux (sc. la pensée proprement dite et la puissance supérieure, ou leurs actes) ne font qu'un (ἡ δ' ὄψις οἷον συγχέασα τὸν μένοντα ἐν αὐτῇ νοῦν, μᾶλλον δὲ

[1] VI, [illegible] II, [illegible]

αὐτῆς ὁ νοῦς ὁρᾷ πρῶτος, ἔρχεται δὲ ἡ θέα καὶ εἰς αὐτὴν καὶ τὰ δύο ἓν γίνεται)[1]. » Ainsi s'explique le concours de l'activité divine et de l'activité humaine. Mais celle-ci n'est diminuée en rien. Elle est, au contraire, plus intense et plus *elle* que jamais : « L'âme ne s'en va jamais vers le non-être (εἰς τὸ... μὴ ὂν) absolu. Si elle descend, elle ira ainsi vers le mal, et conséquemment vers le non-être, mais non vers le non-être complet. Si elle suit la route opposée, elle n'aboutira pas à autre chose, mais à elle-même (ἥξει οὐκ εἰς ἄλλο, ἀλλ' εἰς ἑαυτήν). Parce qu'elle n'est pas dans autre chose, elle n'est pas en rien, mais en elle-même (οὐκ ἐν ἄλλῳ οὖσα ἐν οὐδενί ἐστιν, ἀλλ' ἐν αὐτῇ). Or être en soi seul, et non dans l'Être, c'est être en Dieu (τὸ δ' ἐν αὐτῇ μόνῃ καὶ οὐκ ἐν τῷ ὄντι ἐν ἐκείνῳ)[2]. » Les choses eussent été beaucoup éclaircies par une distinction entre l'*individualité* et la *personnalité*. Mais cette distinction n'était pas encore faite.

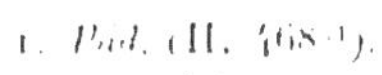

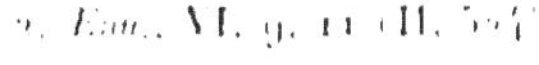

1. *Ibid.* (II, 468[1]).
2. *Enn.*, VI, 9, 11 (II, [illegible]).

CONCLUSION

Deux faits ressortent, semble-t-il, de ce travail. En premier lieu, Plotin a lu Philon, non seulement chez Numénius le pythagoricien, mais chez Philon même, et il *s'en souvient* aux endroits que nous avons signalés. Les textes rapprochés présentent en effet des ressemblances de pensée et de langage, que la spéculation antérieure ou postérieure à Philon ne suffit pas à expliquer. Ces *réminiscences*, en second lieu, portent principalement sur la notion d'Infinité divine et les notions de Puissances intermédiaires et d'Extase liées à la première. Or ces notions caractérisent la dernière période de la philosophie grecque. Philon et, par lui, les croyances judéo-orientales ont donc exercé sur cette philosophie une influence plus grande que les historiens, particulièrement M. Ed. Zeller, ne l'ont accordé, et qu'il faut même qualifier de prépondérante.

TABLE DES MATIÈRES

CHARTRES — IMPRIMERIE DURAND, RUE FULBERT.

www.ingramcontent.com/pod-product-compliance
Lightning Source LLC
LaVergne TN
LVHW012208170726
843503LV00005B/1957
* 9 7 8 2 3 2 9 7 3 4 6 5 1 *